三田仁《みたじん》
田舎で農業を営む男。
やきそ
北
近所に住
5年生。
父親が日本人で、
母親がイギリス人。
小岩井《こいわい》ことり
近所に住む中学一年生。
アリスとめぐるとは
駄菓子屋仲間。

「……ジン殿、私のカラダは
欲情に値するものだろうか？」

錬金王
illust.柴乃櫂人
田んぼで拾った
女騎士、
田舎で俺の嫁だと
思われている
[2]

CONTENTS

1話 草刈り機 7
2話 女騎士と子供たち 17
3話 女騎士と田舎巡り 25
4話 チャンバラ 36
5話 かき氷 46
6話 自転車屋 56
7話 セラムの自転車 63
8話 自転車の乗り方 70
9話 女騎士は自転車に乗りたい 79
10話 女騎士と水切り 91
11話 手長エビ釣り 101
12話 セラムを探せ 124
13話 茂さんのお誘い 132
14話 夏の農業祭 139
15話 女騎士と出店 152
16話 夏休みの宿題 163
17話 天体観測 171
18話 人魂事件 181
19話 浴衣 194
20話 夏祭り 205
21話 金魚すくい 213
22話 女騎士と花火 222
23話 騎士以外の道 231
24話 真夏の作業 239
25話 女騎士セラフィムの独白 251
26話 恩に報いるために 258

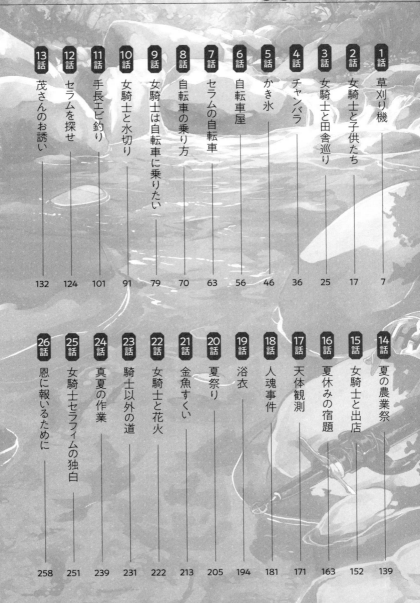

――女騎士の夜這い(?)
豊かな胸が揺れる。
俺はセラムの肢体の
あまりの美しさに
見惚れていた。

――皆で夏祭り
セラフィム
異世界から
やってきた女騎士。
ョコバナ
バナナ
チョコ
1本 200円
一ノ瀬《いちのせ》めぐる
近所に住む中学二年生。
ことり、アリスを引っ張る
元気娘。

1話 草刈り機

やや薄暗く太陽が十分に昇り切っていない朝。

朝食を食べ終わった俺とセラムは外に出た。

「今日は草刈りをするぞ」

「いつもみたいに畑の雑草を抜けばいいのか？」

「いや、もっと大掛かりにだ。具体的には家の周りや畑の周りにある雑草をすべて刈る」

そう、俺の家や畑の周りには雑草が生い茂っていた。それはもうボーボーに。

夏真っ盛り。雑草はさらに勢力を増しており、家や畑を侵食しようとする勢いだ。

それを根絶やしにしなければならない。

「そ、それはなかなかに重労働だな」

草刈りをする範囲を説明すると、セラムが顔をひきつらせた。

「安心しろ。手作業じゃない。草刈りを楽にできる機械を持っている」

セラムが好奇の視線を向けてくる中、俺はこの日のために用意していた草刈り機を倉庫から引っ張り出す。

「草刈り機だ」

「お、おお？　先端に丸い刃がついているが、これでどうやって草を刈るのだ？」

「ちょっと軽く見せるから見てろ」

セラムに離れるように言ってから、運転スイッチをオン。

紐《ひも》を引いて暖機の位置に持っていき、運転の位置に一連の流れで持っていく。

すると、草刈り機のエンジンが始動。

「うわわわわっ！」

腹の底に響くような音が鳴ると同時に、セラムが声を上げて後退した。

どうやらかなり驚いたらしい。

クラッチを握り、ハンドルにあるアクセルボタンを押すと、先端についている金属刃が甲高い音を立てて高速回転。

すると、物陰に隠れながらこちらを窺《うかが》っていたセラムがビクリと身体《からだ》を震わせる。

草刈り機の運用法を軽く見せると、停止ボタンを教えて刃の回転を止めた。

「こうやって高速回転させた刃で雑草を刈り取るんだ」

「そ、それは本当に草を刈るための機械なのか？」

セラムがおそるおそるといった風に尋ねてくる。

「ちゃんとした草刈り機だ」

「あまりに危険ではないか？　人に向けて使ったりでもしたら……」

凄《すさ》まじいエンジン音に甲高い音を立てて高速回転する刃のせいで、草刈り機が非常に恐ろしいものに思えてしまったようだ。

とはいえ、その認識は間違っていない。とても便利な機械ではあるが、それだけ危険なものでもある。

「そんなことは絶対にしちゃいけないことだし、自分が怪我《けが》をしないように細心の注意を払わないといけない」

「そ、そうだな。便利なものも使い方次第だな」

俺の言いたいことを何となく理解してくれたようだ。

セラムが納得したように頷《うなず》きながら物陰から出てきた。

「まずは服装だな。刈った草が飛んでくると危険だ。できるだけ露出の少ない服装で、靴も長靴のような丈夫なものがいい」

「なるほど。ジン殿、私に考えがある。少し待っていてくれ」

「お、おお？　そうか？」

セラムは、てくてくと家に戻っていった。

彼女の持っている服の中で、作業着に匹敵するような便利な服があっただろうか？

訝《いぶか》しみながら待っていると、ほどなくして玄関の扉が開いた。

そこから出てきたのは全身に西洋の甲冑《かっちゅう》を纏《まと》ったセラムだった。

セラムは丁寧に扉を閉めると、ガッチャガッチャと音を鳴らして目の前で止まった。

「……確かにそれなら安全だな」

「だろう？」

まさか草刈りをするのに甲冑を装着してくるとは思わなかったな。

素肌も守れているし、目だってヘルムで守れている。刈った時に飛来する草は問題ないことはもちろん、刃が足に当たるような悲劇が起きても安全だろうな。

むしろ、セラムの防御力が高く、刃の方が折れてしまう可能性が高いだろう。

「一応、セラムの作業着と長靴を用意していたんだが、不要だったみたいだな」

「ええっ！　作業着というのはジン殿の着ている服のようなものか？」

「ああ、色は違うが見た目は一緒だ」

「ほしい！」

「でも、鎧《よろい》があるだろ？」

「それはそうだが普段仕事をする時に着たいのだ！　ジャージもいいのだが、なんだか農業をするにはそっちの方が相応《ふさわ》しい気がする！」

鎧姿のままこちらに寄ってくるセラム。

フル装備の騎士に詰め寄られると妙な迫力があって怖いな。

まあ、田舎といえど、ジャージで農作業をしている者はあまりいない。

大体の人は空調服や作業着のようなものを着て作業している。

他の農家の姿を見ることによって、仕事着のようなものが欲しくなったようだ。

「わかったわかった。仕事が終わったら後で渡してやるよ」

「おお！　感謝する！」

とりあえず、後できちんと渡すことを伝えると、セラムは落ち着いてくれた。

「服装は問題ないから、後は機械の操作だな」

「私にそれを操作できるだろうか」

「安心しろ。セラムに使ってもらうのは、俺とは違うタイプで起動するのはとても簡単だ。ここにあるスイッチを押せば起動する」

丁寧にレクチャーすると、セラムはボタンを押して起動させた。

「お、おお？　ジン殿のものよりも音が静かだぞ？」

「こっちはガソリンで動いている旧式で、そっちのは電気式の最新版だからな」

草刈り機が唸《うな》りを上げるが、その音は俺のものに比べてかなり静かだ。

現に距離が離れていてもしっかりと会話ができる。俺のガソリン式は音がうるさすぎて、エンジンを止めないと近くで会話するのも覚束《おぼつか》ないくらいだからな。

「電気式の最新版？」

「とにかく、音が小さい上に軽くて扱いやすいってわけだ」

「なるほど！　それは助かる！　これなら怖がらずに操作することができそうだ！」

わかりやすく纏めると、セラムは納得したように頷いた。

まあ、その分出費はかなり痛かったが、この古いガソリン式もあと何年使い続けられるかわからない。そろそろ買い替える時期だったので、決して悪い買い物ではない。

セラムもおり、草刈り機が二台なので今年の夏は、生い茂る雑草に悩まされることはないだろう。

自分にそう言い聞かせながら、草刈り機を手にして外に出る。

まずは家の前にある雑草だ。ボーボーと生い茂っており、コンクリートの道まで侵食している。このまま放置していると、ますます侵食してくるので早急な対応が必要だ。

「機械の使い方だが、腰を使って草刈り機を回していく」

腕を使って動かすのではなく、腰を回して草刈り機を動かすようなイメージだ。

俺の動作を見て、セラムが真似《まね》をするように腰を回す。

「この時に意識するのは刃の回転方向だ。右から左に刃を当てる。回転方向とは逆の左から右に刃を当てると、草が絡まってきて纏まらないからな」

「なるほど」

「大きな注意点はこんな感じだ。実際にこの一列だけやってみるな」

セラムに離れてもらうと、俺は草刈り機のエンジンを起動させて刃を回転させる。

腰を回し右から左へと動かす、甲高い音を立てて雑草が切断されていく。

右から左へと回し雑草を切断すると、元の位置に戻して前に進み、また右から左へと流していく。その単純操作をひたすらに繰り返すだけだ。

やがて五メートルほどの雑草を刈ると、俺は草刈り機のエンジンを止めた。

「こんな感じだ。できそうか？」

「問題ない！」

セラムは実に良《い》い返事をすると、隣側にある雑草地帯に足を踏み入れた。

アクセルボタンを押し込むと、先端の樹脂刃が回転。

先ほど俺が教えた通りに、腰を動かして右から左へと刃を当てて雑草を切断していく。

さすが運動神経が良いだけあって、しっかりとした動きだ。

大きな音と高速で回転する刃にビビっていたようだが、鎧を纏い、静かな電気式のものを使うことでヘッチャラになったようだ。

にしても、西洋甲冑を纏った騎士が草刈り機を操作する光景は異様だな。

「これでいいか？」

十メートルほどの範囲の雑草を刈ると、セラムは振り返って尋ねてくる。

「問題ない。そのまま周囲の雑草をひたすらに刈りまくってくれ」

「わかった！」

「大きな石とか落ちているゴミなんかには気をつけろよ」

「ああ！」

平坦《へいたん》な家の周りの雑草をセラムに任せて、俺は畑の近くにある傾斜地帯、いわゆる法面《のりめん》という場所の雑草を刈ることにする。

このような傾斜や足場の悪いところでの作業は難しいからな。こういったところは俺が担当しよう。

アクセルボタンを押すと、刃が回転して次々と雑草をなぎ倒す。

「にしても、夏の繁殖力は凄まじいな」

草刈りをしたのは一か月前ほどなのだが、もうこれだけ丈が伸びている。

本来ならばもうちょっと早めに取り掛かるべきなのだが、田んぼでセラムを拾ったりと忙しかったせいで疎《おろそ》かになってしまった。

とはいえ、それは理由にならない。除草作業はちゃんとしておかないと虫を呼び寄せ、虫害が病気の原因にもなる。

美味《おい》しい野菜を育てるためにも邪魔な草は根絶やしにしなければならないのだ。

そうやって二十分ほど黙々と刈り進めていると、八十メートルくらいの範囲を刈ることができた。

作業自体はそれほど苦ではないが、長時間草刈り機を持っているとそれなりに疲れてくるものだ。

刃を止めて、少し立ち止まるとセラムがこちらにやってきた。

どうやら家の周りの雑草はあらかた刈り終わったらしい。

「ジン殿、その辺りはミノリ殿とシゲル殿の畑なのでは？」

セラムの指摘はその通りだ。

今刈っている範囲は俺の土地ではなく、関谷《せきや》夫妻の管理する土地だった。

単純に行き過ぎて気づかなかったわけではない。

「そうなんだが、こういうのは時間のある奴《やつ》がついでにやってやるもんなんだ。俺も前々回は忙しくて茂《しげる》さんに雑草を刈ってもらったからな」

「なるほど！　ご近所同士の助け合いだな！　日頃、世話になっているし二人の家の周りの雑草を刈ってきてもいいだろうか？」

「ああ、いいぞ。ちゃんと刈る時は声をかけてからな」

「わかった！　では、行ってくる！」

草刈り機を持ってガッチャガッチャと駆け出していくセラムの後ろ姿を見て、俺は今さらながら変な噂《うわさ》を立てられないかと心配になるのだった。

2話 女騎士と子供たち

草刈りで家の付近の雑草を駆除した翌日。俺たちはまたしても雑草を駆除していた。

具体的には畑の中にある雑草だ。

こちらは家の周りのようにボーボーに生えているわけでもないし、丈もかなり短いので草刈り機を持ち出して一気に刈るようなことはできない。

そんなわけで手作業での雑草抜きである。

ぽつぽつと生えている雑草を見つけて抜いては、また次の雑草の生えている場所へ。

ひたすらにそれの繰り返し。とても地味な作業だ。

長ナスやトマトの収穫とは比にならないほどに腰を曲げては、伸ばしての作業。

そこまで老けた年齢とは思わないが、これほど過酷な姿勢で作業をしていると腰にくるものだ。

目の前の雑草を引き抜いて、畑の端にひと纏めにした俺は腰をトントンと叩《たた》いた。

別の畑で作業をしているセラムは黙々と雑草を抜いている。

騎士団で過酷な訓練を乗り越えてきたからか、セラムはこういった体力や精神が必要とされる作業は得意のようだ。

持ちあふれる身体能力を駆使して、次々と雑草を抜いてはひと纏めにしてくれている。平均的な大人の二倍以上の作業スピードだ。実に頼もしい。

そんな真面目なセラムの姿を見て、もうひと踏ん張りしようとしていると不意に視界に人影が映った。

視線をやると、きゅうりの苗に隠れながら子供たちがこちらの様子を窺っていた。

海斗《かいと》の家に行った時にもいた三人組だ。

「お前たち、なにしに来たんだ？」

「暇だから遊びに来た！」

尋ねると、茶色い髪をしたボーイッシュな少女が元気良く言う。

「そうか。暇つぶしはもう十分だろ。さっさと帰れ」

「……ジン、冷たい」

シッシと手で追い払う真似をして言うと、ひと際小さな子供がポツリと溢《こぼ》した。

「そうだそうだ。あたしたちの扱いが雑だぞ！　可愛《かわい》い子供なんだから、もっと丁寧に接しろ！」

「本当に可愛い子供はそんな風に駄々をこねねえよ」

「あはは、ジンさんは仕事なのであんまり邪魔しちゃ悪いですよ」

「ほら、一番年上のこの子はちゃんとわかってるじゃないか」

「いや、ことりんはあたしより年下なんだけど……」

「ええ？　こんなにデカいのに？」

一番言葉遣いがまともだし、身長も高いのでてっきり一番年上なのだと思っていたが違ったらしい。

「すまん」

「や、やっぱり、私デカいですよね。すみません、無駄に大きくて……」

どうやら幼いながらに身長が高いことを気にしているようだ。

「いえ、いいんです。よく間違われることですから」

「というか、お前やこの子じゃなくて、ちゃんと名前で呼んでほしいんだけど？」

俺が謝っていると、横からボーイッシュな少女が口を挟んでくる。

「そんなことを言われても、俺はお前たちの名前を知らん」

「はあ!?　何年ここで顔を合わせてると思ってるのさ!?　本気で言ってるわけ？」

ぶっちゃけた真実を告げると、少女たちが唖然《あぜん》とし、憤慨する。

今はそれなりに大きくなったが、もっと小さなころから知っている。

とはいえ、遠目に軽く手を振ったり、他愛のない会話をするくらいだっただけだ。

「知らんものは知らん」

「はー！　信じられない！」

「正直に言ってショックです」

しかし、子供たちとしては納得できないことのようだった。

次々と抗議の声や憤慨の声を露《あら》わにした。

サラリーマンを辞めてから、これほど人に責められたことはなかった気がする。

「どうしたのだ、ジン殿？」

騒いだ声を聞きつけて草むしりをしていたセラムがやってくる。

「近所の子供たちに絡まれてるんだ」

「セラムさんだ！　こんにちは！」

「おお、メグル殿にコトリ殿、それにアリス殿ではないか」

セラムが何げない様子でかけた言葉に俺は唖然《あぜん》とした。

「……待てセラム。こいつらの名前を知っているのか？」

バカな。俺は数年間顔を合わせていながら名前を知らないのに、どうして会って間もないセラムが名前を把握してるんだ？

「何を言っているのだジン殿？　カイト殿の駄菓子屋で会ったではないか？」

「たった一回。一時間しか一緒にいなかっただろう？」

「一時間も一緒にいたではないか。時間云々《うんぬん》は置いておいて、初めて会った人の名前を覚えるのは当然ではないか？」

「ほーら！　やっぱりジンがおかしいんだ！」

小首を傾《かし》げながらのセラムの言葉を聞いて、子供たちが勢いを増して騒ぎ立てた。

やんややんやと高い声で言ってくるものだからうるさくてしょうがない。

「……さすがにそれはジン殿が悪いと思う」

子供たちから改めて事情を聞いたセラムが、呆《あき》れた眼差《まなざ》しを向けてくる。

「だよねー！　セラムさんはわかってる！　ジンって昔からこうなんだよね！」

「……私たちに興味がないの？」

尋ねている意味はわかるが、ひと際小さな子供に言われると誤解をされるような気がする。

小学生や中学生に興味を示す大人という構図は完全にアウトだろう。

「そういうわけじゃない。ただ名前を知る機会がなかっただけだ」

「じゃあ、今からちゃんと自己紹介するから覚えてよね！　まずはあたしから！　一ノ瀬《いちのせ》めぐる、十三歳の中学二年！　好きなものはいくらと焼き肉と――」

「長い。次」

健康的に焼けた肌をしたボーイッシュ少女が一ノ瀬だということは覚えた。

それ以上の余計な情報は不必要だ。

長くなりそうなのでぶった切って、次の自己紹介を促す。

一ノ瀬から抗議の声が上がるが無視だ。

「え、えっと、小岩井《こいわい》ことりです。年は十二歳で中学一年です」

身長が高く大人びた言葉遣いをしている黒髪の少女は小岩井ことりというらしい。

てっきり高校生くらいだと思っていたが、本当に一ノ瀬よりも年下だったようだ。

「……私は北条《ほうじょう》アリス。十歳で小学五年生」

ひと際小さい銀髪の少女は、見た目や名前からして外国の血が入っているようだ。

幼い顔立ちや五年生にしては少し背が低いので、実際はもっと幼く見えるな。

「一ノ瀬に小岩井に北条だな。とりあえず、名前は覚えた。……多分」

「上の名前じゃなくて下の名前がいいんだけど？」

「できれば、私もその方が嬉《うれ》しいといいますか……」

「……アリスって呼んでほしい」

「わかったわかった。めぐるにことりにアリスな」

三人ともがケチをつけてくるものだから、とりあえず名前で呼んでやると満足したように笑った。

久しぶりに子供と話すが、やっぱり疲れるな。

毎日、こんな奴らの相手をしている海斗《かいと》を心の底から尊敬する。

「ねえ、セラムさん。あたしたちと遊ぼうよ！」

「誘ってくれるのはありがたいが、私にはまだ仕事があるんだ。すまない」

めぐるに誘われるが申し訳なさそうに断るセラム。

人がいいので流されると思ったが、きちんと仕事に対する責任感はあるようだ。

「えー、ジン。なんとかならないの？」

感心していると、めぐるが俺の袖を引っ張りながら言う。

ここのところ仕事ばかりだったし、この世界で親しい人間が増えることは、セラムにとっていいことだろうからな。

できる限り応援してやりたい。

「そうだな。雑草抜きの仕事が終わったら遊んでもいいぞ」

「いいのか？　昼も仕事があるのでは？」

「別に急ぐほどのものじゃないしな。セラムが手伝ってくれているお陰で雑草の処理も早く終わってるし、半日遊ぶくらいの余裕はある」

実際に収穫作業、草刈り、雑草抜きとセラムは大活躍してくれている。

バタバタとしているように見えて、例年よりも作業は進んでいるのだ。

その分の作業を前倒しでしているだけで、実際には余裕があったりする。

「そ、そうか！　ならば、できるだけ早く終わらせるので待っていてくれると助かる！」

そう言うと、セラムは嬉しそうに笑いながら作業に戻った。

やっぱり、子供たちと一緒に遊びたかったのだろう。

先ほど以上のスピードで畑にある雑草を抜いている。

「なら、私もお手伝いします！　そうすれば、早く一緒にセラムさんと遊べますから！」

「……ことりん、それはいいアイディア」

「面倒くさいけど、早く遊びたいから手伝ってやるかー」

ことりがそう言って手伝い始めると、アリス、めぐるも雑草抜きを手伝ってくれる。

騒がしくなったが人手が増えて作業が捗《はかど》るのは大歓迎だ。

俺も別の畑に向かうと、腰を下ろして作業を再開した。

3話 女騎士と田舎巡り

「よし、このくらいでいいだろ」

「終わったー！」

さっぱりとした畑を見て、草むしりの終了を告げるとめぐるが雄叫《おたけ》びを上げた。

静かな田舎故にその声はやたらと響いた。

「セラムさん、遊びに行きましょう！」

「うむ、着替えてくるので少し待っていてくれ」

セラムは頷くと、パタパタと家に戻っていった。

「ちなみにジンも来る？」

「そうだな。セラムとお前たちだけじゃ心配だからな」

なにせセラムは異世界人だからな。

子供たちだけで一緒に出かけさせるにはまだ不安がある。

「おー、嫁さんのことを大事にしてますなあ」

「……嫁想《おも》い」

しかし、事情を知らないめぐるたちからすれば、嫁であるセラムを心配しているように見えるようだ。

非常にうっとうしい視線だが、同行するためには否定するわけにもいかないので甘んじて受け入れる。

ほどなくしてセラムが衣服を着替えて戻ってくる。

「セラムさん、やっぱり美人だね」

「とても綺麗《きれい》です」

「……大人っぽい」

服装はユニシロで買った白のＴシャツにデニムだ。

見慣れつつある俺でも時折目を奪われるのだから、めぐるたちがそう言うのも当然と言えるだろう。

「そうなのだろうか？　私にはよくわからないが、ありがとう」

一方、面と向かって褒められ慣れていないセラムは照れたように笑う。

「こんな美人、一体どこで捕まえたのさ？」

「田んぼで拾ったんだ」

「適当ぶっこくなし！」

それが事実なんだけどな。

嘘《うそ》を言っているわけでもないので不自然にならず、誤魔化せるので意外と便利な言い訳だな。

セラムの準備が整ったところで、俺たちは歩き出す。

「メグル殿、これから何をするのだ？」

「考えてない！」

セラムが尋ねると、めぐるが呑気《のんき》に笑いながら言う。

遊びに誘った割に、特に何をするかも決めていないようだ。

都会ならともかく、ここは何もないような田舎だからな。何をして遊ぶのか決めるのもひと苦労だろう。

「セラムさんはやってみたいこととかありますか？」

「むむ、そうだな。私はこちらにやってきたばかりなので、この辺りのことをよく知らない。できれば、皆のおすすめの場所なんかを教えてもらえると嬉しい」

「わかった！　セラムさんのためにおすすめの場所を教えてあげるよ！」

「……とっておきの場所に連れてく」

セラムの要望を聞いて、めぐるやアリスが色めき立った反応を見せる。

どうやら各々に案内してあげたいと思う、とっておきのスポットがあるようだ。

「では、よろしく頼む」

「じゃあ、まずはあたしから――」

「……待って。めぐるの案内する場所は多分遠い。だから、私が先に案内する」

「お、おお。じゃあ、アリスが先で……」

意気揚々と手を挙げためぐるだが、アリスに止められた。

めぐるが連れて行こうとしたところは見抜かれており、まさに正論のようだった。

実はめぐるの方が小学生で、アリスの方が中学生なんじゃないかと思えた。

「アリス殿は、どこに連れていってくれるのだ？」

「……私のおすすめスポットはもう着いてる」

「ここか？」

周囲を見回しながら不思議そうな顔をするセラム。

今歩いているところは広い一本道。周囲には田んぼが広がっているだけで、遠くに民家が見える程度。特別な畑があるでもなく、絶景が広がっているわけでもない。

ここに住んでいる俺からしても、どこがおすすめなのかと言いたくなる光景だった。

「……見るのは。ここの用水路」

「用水路？」

水路を覗《のぞ》き込《こ》んでいるアリスの傍《そば》に移動して、俺とセラムも腰を落とす。

「……ここにはたくさんの生き物がいる。ザリガニとかカエルとかタニシとか色々な生き物が」

「おお、言われてみればたくさん生き物がいるな！　魚もいるぞ！」

水中にはセラムの言う通り、魚の黒い影が見えていた。

「多分、タモロコだな」

「……他にもメダカとかモツゴもいる。たまに川から迷い込んできてアユとか見かけることもある」

「へー、それはレアだな」

アリスの説明を聞きながらジーッと眺める。

用水路の壁にはタニシが張り付いており、繁茂した水草の上にはアマガエルが鎮座していた。

言われた通り、用水路には様々な生き物がいるものだな。

身近なだけにまったく気にすることがなかったので新鮮だ。

おすすめの場所を案内するとのことなので、絶景スポットなどに案内すると思ったが、こういった場所を攻めるとは。

大人では考えられないことだな。柔軟な発想と遊び心を持っている子供だから案内できる場所だろう。

「こうしてジーッと用水路を眺めるのも楽しいものだな」

「……流れる水を見ていると心が落ち着く」

ただ、幼い小学生がおすすめするには、ちょっとずれているように思える。

感性も妙に年寄りくさい。

めぐるやことりも付き合ってはいるが、いまいち良さがわからないのか神妙な顔をしている。

今時の子供がこういった用水路観察にはまっているわけでもないようだ。

「それじゃあ、次は私のおすすめの場所に案内しますね」

そうやって様々な用水路を観察し、生き物観察をし終えると、次はことりが案内する番となった。

ことりは先頭を歩くと、ズンズンと道を進んでいく。

住民が多く住んでいる中心地の方だ。

この辺りまで進んでくると、田畑の比率が下がっていき、住宅が増えてくる。

昔からやっている個人経営の店なんかが並んでおり、ちょっとレトロな雰囲気だ。

とはいえ、特に面白い店があるわけではない。

ことりは一体どこに連れて行こうとしているのだろうか。

「ここです！」

不思議に思いながら住宅街を進んでいくと、ことりが道の半ばで立ち止まった。

視線の先にある軒下では五匹ほどの猫がたむろしていた。

「おお、猫か！」

「はい。この辺りは猫が集まる場所なんです」

説明しながら身近な黒い猫を撫《な》でることり。

「よーしよし、こっちおいでー」

「……にゃー」

ことりだけでなく、めぐるやアリスも近づいて猫を撫でた。

住宅街に住み着いているだけあって人懐っこく人間に慣れているようだ。

撫でられてゴロゴロと気持ち良さそうな声を上げている。

猫を観察していると、傍にいたセラムが袖を引っ張った。

「……ジン殿、この可愛らしい生き物はなんだ？」

猫を見下ろすセラムの表情はとても興奮しており、鼻息が若干荒い。

「猫っていってこっちの世界で広くペットとして飼われている動物だな。こいつらは野良みたいだが、そっちにはいなかったのか？」

「少なくとも私の住んでいた国にはいない。いたら、私も飼っている」

「そ、そうか」

セラムの反応から一目で心を奪われたのはよくわかった。

「私が触っても大丈夫だろうか？」

「大丈夫だから安心して触ってみろ」

促してやると、セラムはおそるおそる近くにいた三毛猫に手を伸ばした。

三毛猫はセラムの手を嫌がることなく、むしろ撫でろとばかりに頭を差し出した。

「お、おお……っ！　なんという可愛さだ！」

向こうの方から近づいてきたことに驚きつつも、セラムは優しく指を動かした。

「毛がふさふさとしていて柔らかい。それに温かいな」

優しい眼差しを向けながら三毛猫を撫でるセラム。

俺も背中やお尻の方を撫でさせてもらう。

艶《つや》やかな毛並みは絹糸のようで手を滑らせると、とても気持ち良かった。

こうやって動物を撫でるなんて随分と久しぶりだな。

ペットでも飼わない限り、こんな風に動物と触れ合う機会なんてないし。

「こうやって猫を撫でていると癒やされるな」

「わかるー。アニマルセラピーってやつだよ」

同じく猫を撫でていためぐるが、心底同意したように呟《つぶや》いた。

「というか、子供のくせにそんなに疲れることなんてあるのか？」

「失礼だね！　子供だって大変なんだよ！」

「そ、そういうものか」

俺が子供のころは何も考えずに海斗たちと遊びまわっていた記憶しかない。

女の子がそうなのか、今時の子供がそうなのか俺には判断が付かないな。

「ジン殿、この猫という動物はペットとして飼われていると言っていたな？」

「ダメだ」

セラムが何を言わんとしているか理解した俺は、きっぱりと告げた。

「まだ何も言ってないぞ!?」

「言われなくてもわかるわ。家で飼いたいとか言うんだろ。却下だ」

「なぜだ!?」

「うちでは食材を扱っているんだ。家に動物を招き入れるのは衛生的に良くない」

俺は農業を仕事にしている。自分の畑で野菜などを育てて、収穫し、出荷する。人が口にする食材を作っているのだ。そのようなところに動物を招き入れるわけにはいかなかった。

家から出さなければ平気かもしれないが、畑に勝手に入り込まないという保証はないし、育てている俺自身が何より気にするのでペットは絶対に飼わないと心に決めている。

「むむむむむ！」

「それにこの猫たちは、地域の人たちが面倒を見てるようなもんだろう？」

首輪とかはされていないが、近くには餌用の皿なんかが置かれている。

「そうですね。ここの猫ちゃんたちは皆でお世話してるので……」

「そうか。ならば、うちで飼うわけにはいかないな」

ことりがそう言うと、セラムは残念そうな顔をした。

相当気に入っていたから家で飼いたくなったのだろうが、どうしてもそれは無理な相談だった。

「まあ、ここに来ればいつでも猫ちゃんたちに会えますよ」

「そうだな。猫に会いたくなった時はここに来る。コトリ殿、ありがとう」

しゅんとしていたセラムだが、ことりの言葉を聞いて元気になったようだ。

「それじゃあ、次はめぐるのおすすめの場所に行くか」

「任せて！　とっておきの場所に案内するから！」

「すまない。もう少しここにいさせてくれ」

「あ、うん。わかったよ」

完全に移動する流れだったが、セラムが駄々をこねたためにもう少し滞在することになった。

結果としてセラムがここを離れたのは一時間後だった。

4話 チャンバラ

「待たせてしまってすまない。迷惑をかけたお詫《わ》びとして好きなドリンクを買ってくれ」

「わーい！」

猫の溜《た》まり場《ば》で一時間以上滞在していたので、俺たちの喉はカラカラだった。

子供たちが嬉しそうな声を上げて、ボタンを押していく。

ガランゴロンッと自販機の中でペットボトルが転がる。

「ジン殿も買ってくれ」

「それじゃあ、遠慮なく」

迷惑をかけた謝罪の気持ちなのだろう。セラムの気持ちを汲《く》み取《と》った俺は、遠慮なくスポーツドリンクを買ってもらうことにした。

冷えたドリンクを手に取ると、最後にセラムもボタンを押して麦茶を買った。

民家の日陰に入ると、一足先に買っためぐる、アリス、ことりが蓋を開けて喉を鳴らしていた。

「ぷはあー！　美味《う》《め》え！」

「冷たくて気持ちいいですね」

「……美味しい」

俺もペットボトルを傾けて、スポーツドリンクを飲んだ。

しっかりと冷えたドリンクが喉の奥へスッと通っていく。

火照った身体にじんわりと染み渡り、汗で失われた成分が補給されていくようだ。

「お金があれば、気楽に外で飲料が買えるのは便利だな。私のいた世界では、外で水を手に入れるのもひと苦労だった」

異世界での行軍がよほど大変だったのだろうな。

小さな声ではあるが、セラムが色々な感情のこもった声音で呟いていた。

俺たちは自販機があるから夏でも気楽に外に出かけられるが、なかったら入念に飲み物を準備しないといけないので大変だろうな。普段意識しないが、その気になればいつでも飲み物が手に入る環境というのは心強いものだ。

「さて、次はメグル殿のおすすめの場所に連れていってくれるか？」

「まっかせて！」

しばらく日陰で休憩していると、めぐるのおすすめ場所に移動することになった。

北に向かって歩くこと十五分ほど。すっかりと田畑や民家の姿がなくなった森の中。

生い茂る木々の間を潜《くぐ》り抜《ぬ》けて進んでいくと、小さな木造建築が見えた。

「じゃーん！　あたしたちの秘密基地！」

「秘密基地というと、敵に悟られないように作った軍事基地のことか!?」

「言い方は大袈裟《おおげさ》だけど、そんなところ！　ここは悪い大人から身を隠すために作られた子供たちの溜まり場なのだ！」

めぐるの説明を聞いて、セラムがホッとしたような顔を見せた。

多分、物騒な敵対勢力がいるのではないかと考えたのだろうな。

生憎《あいにく》とここは世界でも屈指の平和な国である。魔物や武装勢力といった物騒な勢力は欠片《かけら》もなかった。

めぐるが鍵を取り出すと、秘密基地の扉を開けて中に入る。

俺たちも続いて入ると、木造建築ならではの木の優しい香りと、少しの埃《ほこり》っぽさを感じた。

久しぶりの香りだ。

室内には中古らしく大型ソファーやテーブル、椅子なんかが並べられている。

こぢんまりとした家屋であるが、中に入ると意外と広く、俺とセラム、めぐる、ことり、アリスが入っても十分に動き回れるスペースがあった。

「にしても、やっぱり秘密基地だったか」

めぐるたちの口ぶりからして、何となくここを紹介するんじゃないだろうかと思っていた。

「ジンさんも、昔はここで遊んでいたのですか？」

「ああ、俺たちが過ごしていた頃は、もっと小さくてボロい廃屋だったけどな」

誰も使われなくなった家を俺よりも年上の子供が勝手に改造して、使い始めたのがきっかけだった気がする。

荒れ果てたあばら家を片付けて、掃除して、拾った木材で屋根をつけてみたり、過ごしやすいように家具を持ち込んでみたり。そうやって脈々と受け継がれているのが、この秘密基地だ。

「へー、ここってそんなに昔からあるんだ！」

「……知らなかった」

「そう考えると、今の秘密基地ってかなり綺麗ですよね。先輩たちの努力の積み重ねでしょうか」

「秘密基地というのは素晴らしいな」

そんな過去の話をすると、めぐる、アリス、ことり、セラムが感心した反応を見せた。

実際は地域の大人たちが、定期的に危険がないかチェックしていたりする。

子供たちが長い間利用していないタイミングや世代交代の時にこっそりと改修しているのだ。

さすがに子供たちが廃屋で遊ぶというのは危ないからな。

俺たちの世代は改修もそこまで大袈裟じゃなかったが、今はかなり手が込んでいるようだ。

よほどの心配性か、建築を趣味にしている凝り性な大人がいるのだろうな。

とはいえ、そのようなロマンのないことは話すべきではないだろう。

さすがに俺たちが運び込んだ家具の類いはなくなっているな。

無理もない。あの時でさえボロボロだったんだ。二十年が経過した今も残っているはずもないか。

時間の変化を感じつつも、少しだけ寂しく思う自分もいた。

「メグル殿、この棒はなんだ？」

室内を観察していると、セラムが無造作に転がっている棒を手に取った。

「ああ、それはあたしが森で見つけたいい感じの棒！」

少女ながら発想が完全に男子小学生だな。

俺も昔は同じようなことをやっていたな。

「いい形と長さだな。これはいい木の棒だ」

ちょうどいい形と長さをしている木の棒に男はワクワクして拾ってしまいがちだ。

「さすがジンわかってる！　チャンバラとかしやすいんだよ！」

「ちゃんばらというのは……？」

「剣で斬り合う遊びだよ。互いに木の棒を持って、えいえいいって！」

「ほう、木の棒で斬り合う遊びと……」

めぐるの説明を聞いて、セラムが笑みを浮かべた。

あっ、こいつ。絶対、やってみたいとか思ってるだろうな。

「メグル殿、私もチャンバラとやらをやってみたい！」

「いいよー！　じゃあ、皆でチャンバラしよっか！」

セラムの要望にめぐるは少し驚いたが、遊びに付き合ってくれるのが嬉しいのかにっこりと笑って言った。

そんなわけでチャンバラをすることになった俺たちは、秘密基地を出ていい感じの棒を拾うことにする。

「ねえねえ、セラムさん。腰につけてる摸造刀《もぞうとう》を使ってよ」

何を言っているんだ。セラムの腰についているのは摸造刀なんかじゃなくて本物の剣なんだぞ？

などと心の中で突っ込むが、セラムの腰に佩《は》いているものが本物の剣なんて俺以外知らないので仕方がないか。

「生憎とこれは気楽に抜いてもいい代物ではないのだ」

なにせ本物だからな。使ったら木の棒だけじゃなく、めぐるも斬られるわ。

「……武士の矜持《きょうじ》？」

「なんかカッコいいですね！」

「これは刀ではなく剣だ。騎士の矜持と呼んでくれ」

「おおー！　騎士の矜持！」

よくわからないがセラムの言い回しは子供たちの琴線に触れたようだ。余計な追及はせずに喜んでいる。

異世界人であるセラムをかくまうことは何とでもなるが、銃刀法違反だけはどうしようもない。上手《うま》く誤魔化すことができて俺は心底ホッとした。

「セラムさん、いい感じの棒は拾えた？」

「うむ、問題ないぞ」

セラムが手にしている木の棒は、腰に佩いている剣と同じくらいの長さのものだった。

さすがに太さに関してはどうしようもないだろう。

セラムが木の棒を中段で構える。

曲がりなりにも剣を握ったからか、セラムの柔らかな眼差しが消え、凛《りん》としたものになった。

木の棒を構えているだけなのに異様なオーラが出ている。

それをめぐるも感じ取ったのか、どうするべきか逡巡《しゅんじゅん》しているようだ。

「どうした？　こないのか？」

「てええええい！」

セラムが挑発の声を上げると、めぐるは一直線に走って棒を振るった。

子供ながら思い切りのいい薙《な》ぎ払《はら》い。

セラムは手に持った棒を傾けると、正確に腹で受け止めた。

「もっと遠慮なく打ち込んでもいいぞ？」

「とりゃー！」

セラムが不敵な笑みを浮かべると、めぐるは遠慮なく棒を振るった。

しかし、どの一撃もセラムの身体に触れることはない。

避けにくい突きであろうと自在に木の棒を操作して阻んでいた。

セラムは実戦を経験している女騎士だ。めぐるがいくら遠慮なく打ち込んだところで、力量の差は大人と赤子のようなもの。セラムに敵《かな》うはずがない。

「す、すごいですね、セラムさん。めぐるちゃんがあんなに本気で打ち込んでるのにまるで当たっていません」

「……セラム、すごい」

これには観戦していることりやアリスもキラキラとした眼差しを送っている。

いくら大人でもあんな風に棒を打ち込まれれば、怖いもんだし、当てられるもんだがセラムはそんな心配をまるで感じさせないな。

「わははは！　なんだこれ！　本気でやってるのに全然当たらないや！　ことりんとアリスも手伝ってよ！」

「ええ？　私たちも加わっていいんですか？」

「問題ない！　三人ともかかってくるといい！」

セラムが鷹揚《おうよう》に頷くと、ことりとアリスも木の棒を持って向かっていった。

さすがにめぐるのように思いきりが良いわけでも運動能力が高いわけでもないが、単純に三人から攻撃を加えられるのはかなりプレッシャーなはずだ。

常人なら到底捌《さば》けるものではない。

しかし、セラムは三人を相手どっても、まるで危なげない様子だった。

子供たちが三方向から棒を振るうも、ステップで回避し、身体を器用に反らす。

そして、必要な攻撃だけ棒で受けて、攻撃をいなしていた。

三人から向けられる木の棒を、たった一本の棒と身体でいなし、弾《はじ》く姿はまるで魔法のようだった。

三人ともどうしてそうなるのかまるでわからない。だけど、敵わない強敵を相手に一丸となって戦うのがとても楽しそうだった。

しばらくすると、めぐるたちの体力が尽きてしまったのか地面に座り込んでしまった。

「はあ、はあ……セラムさん。チャンバラめっちゃつええ！」

「三人でかかったのに掠《かす》りもしませんでしたね」

「……セラムの棒見えなかった」

ぜえぜえと息を荒げながら肩を上下させているが、その表情はとても満足そうだった。

思いっきり遊んでもらえて楽しかったのだろう。

「さて、次はジン殿だな」

なんて微笑《ほほえ》ましく思っていると、木の棒を肩に担ぎながらセラムが言った。

「……俺もやるのか？」

「もちろんだ」

いや、ガチものの騎士を相手にチャンバラなんて勝てる未来が見えないんだが。

「ジンいけー！」

「私たちの仇《かたき》を取ってください！」

「……ファイト」

たじろぐ俺の後ろでは座り込んだめぐる、ことり、アリスが声援を送ってくる。

ここは男として俺も行くしかないか。

決心がついた俺は木の棒を握りしめて、セラムへと一直線に向かった。

「うおおおおおおっ！」

結果は言うまでもなく一方的なもので、俺の振るった棒は掠りもしなかった。

5話　かき氷

「……今日は一段と暑いな」

朝の仕事を終えて昼食の素麺《そうめん》を食べ終える。

正午を過ぎると真夏の気温は最高潮へと到達し、風通しのいい我が家でさえも暑さに辟易《へきえき》する思いだ。止《や》むことのない蟬《せみ》の鳴き声が津波のように押し寄せてくる。

「ジン殿、さすがに扇風機だけでは心もとないぞ」

扇風機の真正面に陣取り、風を浴びているセラムが力ない声を上げた。

セラムの額にはじんわりと汗が浮かんでおり、金髪が頰に張り付いていた。

縁側に移動してみるも、今日はまったくの無風だった。それなのにジリジリと肌を焼きつけるような日光だけは差し込んでくるのだから堪《たま》ったものではない。

これだけ暑いと扇風機一台で乗り切るには辛《つら》いものがある。

セラムが何を求めているか俺にもわかる。ただし、それには大きな問題があるのだ。

「クーラーをつけたいところだが、あの冷気を満喫した後に外に出られるか？」

「……それは難しいかもしれない」

クーラーをつければ暑さは解決だ。

しかし、俺たちにはその後も仕事を控えており、外で作業をしなければいけない。ここで快適な冷気を味わってしまうと、間違いなく外に出る気力が奪われる。

「では、このまま蒸し風呂のような状態が続くのか？」

「さすがにそれは辛い。だから、クーラーをつける以外で涼をとることにしよう」

「どうやって？」

セラムが振り返る中、俺は台所の戸棚を開けた。

食器やら保存食やらが並んだ奥には、清涼感のある青いパッケージの箱があった。

奥から青い箱を取り出してテーブルの上に置くと、中から道具を取り出す。

「ジン殿、これは……？」

「かき氷を作る道具だ」

そう、昔ながらのかき氷機だ。ハンドルを回して、氷を砕く手動型である。

前に使ったのは随分と昔だが、特に壊れている様子や汚れもないようだ。

「かき氷？」

「氷を砕いてシロップをかけて食べるお菓子のことだ。夏の風物詩の一つで食べると涼しくなる。セラムの世界ではそういう食べ物はなかったか？」

「ないな。冬に水面が凍ったのは見たことがあるが、それを砕いて食べようなどとは考えたことがなかった。そもそも氷というのは貴重品だからな」

セラムの口ぶりからして、異世界では氷というものが身近ではないようだ。

寒冷地方や熟達した魔法使いのみが生み出すことのできる物体らしく、早々出回るようなものでもなかったようだ。

興味深そうにかき氷機を眺めるセラム。

俺は冷凍室から氷を取り出すと、かき氷機の製氷皿にガラガラと入れた。

後はそれを元の場所に戻し、ガラス皿を下にセットする。

「よし、セラム。ハンドルを回してくれ」

「私か？」

場所を交代すると、セラムが上部のハンドルを握って回す。

すると、製氷皿に入れた氷が削られ、ガラス皿に細かな氷が積もっていく。

「おお！　氷が細かく砕けているな！」

「その調子でドンドンと砕いていってくれ」

「うむ！」

皿にこんもりと積みあがったところで、もう一つの皿と入れ替える。

意外と面倒な作業であるが、初めてかき氷を操作するセラムは楽しくて仕方がないようだ。

一層ハンドルの回転力を上げてくれ、次々と氷が降り注ぐ。

「もう十分だ」

声をかけて止めると、セラムはハンドルを回す手を止めた。

「あとは好きなシロップを適当にかけたら完成だ」

かき氷を見て感心しているセラムの傍にシロップを二つ。

残念ながら家にあるのはイチゴとメロンのみだ。

俺がイチゴをかけると、セラムはメロンを手に取って氷にかけた。

かき氷の入った皿とスプーンを手にして、風通しのいい縁側に俺とセラムは腰掛ける。

「「いただきます」」

手を合わせると、セラムがスプーンでおそるおそるといった様子ですくった。

それからじっくりと砕けた氷を眺める。

「どうしたんだ？」

「いや、砕けた氷とはこんなにも綺麗なのかと思ってな」

「あんまボーッとしてると、せっかくの氷が溶けるぞ？」

「そ、そうだったな」

名残惜しそうにしていたセラムだが、溶けてしまうと食べられないことは容易に想像ができたらしい。スプーンをそのまま口に運んだ。

「ッ！　冷たくて美味しいな！」

「だろう？」

一口食べたセラムは、そのまま二口、三口と続けてスプーンを動かす。

あっ、止めようとした時には遅かった。

「〜〜っ!?　ジ、ジン殿！　突然、頭痛が！」

案の定、セラムはかき氷の洗礼を受けて顔を大いにしかめていた。

「あー、一気に氷を食べるとなっちまうんだ」

「私はもう死ぬのか？」

「大袈裟な。ジーッとしていれば収まる」

「……本当だ」

大人しく待機していると、痛みは引いていったらしい。

セラムの顔から険しさがなくなる。

「また勢いよく掻《か》き込《こ》んだらなるからな？」

「わ、わかっている！　私はそこまで食い意地は張ってないぞ！」

どうだかな？　実里《みのり》さんたちに会う度に何かしら貰《もら》っているし、海斗の駄菓子屋でもよくお菓子を買っているという報告を受けている。しかし、そんな指摘をすれば、不機嫌になるとわかるので黙っておくことにした。

ツンとしたセラムをしり目に俺もスプーンを動かす。

シャリシャリとした食感が気持ちいい。口の中で氷が溶け、シロップと混ざり合う。

ジットリとした暑さに包まれていただけに、体内に取り込まれる冷気が心地よかった。

かき氷を堪能《たんのう》していると、不意にチリリーンと涼やかな音が鳴った。

風鈴だ。

「ようやく風が吹いてきたみたいだな」

「ああ、肌を撫でる風が気持ちいい」

先ほどまでうんともすんとも言わなかった風だが、ようやく吹いてくれるようになったみたいだ。

風が家の暑苦しい空気を吹き飛ばし、肌を柔らかく撫でてくれる。

外から涼しげな風が、体内ではかき氷が涼を与えてくれる。

いつの間にか肌に浮かんでいた汗はスーッと消えていた。

昼下がりに縁側でゆったりとかき氷を食べて涼むというのは、実に夏らしくていいじゃないか。

「あー！　ジンとセラムさんがかき氷食べてるー！」

なんて昼のひと時を楽しんでいると、敷地の外でキキーッと自転車のブレーキを踏みながら指さしてくるめぐる、ことり、アリスがいた。

せっかくの平和なひと時が台無しだ。

「あたしたちもかき氷食べたい！」

「えっと、ご迷惑でなければいただけると嬉しいです」

「……作って」

めぐる、ことり、アリスが自転車を押して庭に入ってくる。

めぐるとアリスはともかく、控えめなことりまでそう言ってくるということは相当暑さで参っているのだろう。これだけ暑いと子供でも厳しいようだ。

「わかったわかった。用意してやるから、お前たちはゆっくり待っとけ」

「ジン殿、私がやろうか？」

セラムが立ち上がろうとするが、俺はそれを制止する。

「いや、大丈夫だ。セラムは子供たちの相手をしてくれ」

セラムにやってもらった方が早いだろうが、テンションの高いめぐるたちの相手をするよりはこっちの方が楽だと感じた。

冷凍庫にある氷を引っ張り出して製氷皿に入れる。

ガラス皿をセットすると、ハンドルを回してガリガリと氷を砕いていった。

やがて三人前が出来上がると、縁側に座って談笑している子供たちのところに持っていった。

「ほれ」

「わーい、ありがとう！」

「ありがとうございます！」

手渡すと口々に礼を言って、近くにあるシロップをかけ出した。

「おい、めぐる！　シロップかけすぎだろ!?」

「これくらいかけないと美味しくないって！　けちけちしない！」

ドバドバとシロップをかけながら呑気に笑うめぐる。

シロップって意外と高いんだからな……。

年下のことりとアリスの方が礼節を弁《わきま》えているというのは、どういうことなのか。

縁側に腰かけようとすると、セラムが中庭にある自転車を熱心に見ていた。

ハンドルを触ったり、座席を撫でてみたり、車輪を回してみたりしている。

興味を持っているのは明白だろう。

「自転車が気になるのか？」

「ああ。たまに地域の方が乗っているのを見かけたが、メグル殿やアリス殿のような子供でも乗ることができるのだな」

「これは別に車のように免許が必要なわけじゃないからな。練習すれば、誰だって乗れるようになるぞ」

「本当か!?」

特別な資格や技術がなくても乗れることを伝えると、セラムがわかりやすいほどに強い反応を示した。

「自転車が欲しいのか？」

「ま、まあ、これがあればジン殿の手を煩わせなくても、ある程度の距離までは移動できると思ってな……」

やや視線をそらしながら建前を述べるセラムだが、自分で運転して移動できる足が欲しいのは明らかだった。

「なら、明日は自転車を買いに行くか」

「いいのか!?」

セラムは運動神経が抜群に良い上に、ここ最近はこの世界にも慣れてきた。

まだ不安な部分はあるが、この辺りであれば一人で問題なく出歩くことができる。

何をするにも俺が付いていかなければいけないというのは、彼女の心労にもなるだろうし、活動範囲が徒歩圏内というのもストレスだろう。

車やバイクは免許という大きな壁があるので不可能だが、自転車くらいなら買ってもいいだろう。

「いいぞ」

「感謝する、ジン殿！」

こくりと頷くと、セラムはひまわりのような笑みを浮かべた。

6話 自転車屋

「ジン殿、おはよう！」

身支度を整えてリビングにやってくると、セラムが元気な声を上げた。

「ああ、おはよう」

返事をするとセラムは満足そうに笑った。

聞いたことのないメロディーの鼻歌を鳴らしており、ご機嫌そうにテーブルを拭いている。

わかりやすいほどに浮かれているな。

いつも通り朝食を作って食べ、リビングで新聞を読んでいるとセラムがソワソワとする。

こちらも反応がわかりやすい。

「……ジン殿、自転車を買いにいかないのか？」

まったく動く様子のない俺に焦《じ》れたのか、セラムがおずおずと尋ねてくる。

「まだ店が開いてないからな。九時半ぐらいまでは好きにしていていいぞ」

現在の時刻は七時半。自転車屋に向かうにはあまりにも早すぎる。

本来なら開店時間に合わせて遅めに起床すればいいのだが、俺たちは早朝に起きるのが日課になっているからな。生活リズムは崩したくない。

「あと二時間か……」

セラムがどこか困ったように呟く。

こういう時、現代人であればスマホをいじったり、パソコンで動画を観《み》たりと無限に暇を過ごせるものだが、セラムはそういった電子機器の扱いに慣れていないので暇を持て余してしまうようだ。

「やることがないなら畑の水やりでも手伝うか？」

「そうさせてもらう」

休める時はゆっくりさせてあげたかったのだが、ジッとしているのは性に合わないようだからな。

適当なところで新聞を読むのを切り上げると、俺とセラムは畑に出る。

トマトや長ナスのビニールハウスを回って状態を確認し、ホースを引っ張って水やりをする。

数が多いので地味に大変な作業ではあるが、二人でやればスムーズに終わった。

水やりが終わると、セラムにはポツポツと生えている雑草の駆除や野菜に異常がないかの確認をさせる。

その間に俺は成長途中の苗の摘果をしたり、脇芽取りなどをして、苗の成長を促したり、調整作業を続ける。

「ジン殿！　もうすぐ九時半だ！」

作業に夢中になっていると、セラムの声で我に返った。

ポケットに入っている端末を見て時間を確認してみると、セラムの言う通りだった。

作業に没頭してまるで気づかなかった。

「わかった。仕事はこの辺りにして出かける準備をするか」

「うむ！」

道具を片付けて撤収準備を始めると、セラムが駆け出すような勢いで家に戻る。

タオルで汗を拭い、水分を補給して、作業着から私服へと着替えた。

軽トラのエンジンをつけてクーラーで車内を冷やしていると、ふと思い出した。

「そういえば、俺の自転車も大分メンテナンスをしてなかったな」

譲り受けたママチャリを持っているが、農業をするようになってから移動は車になっており、随分と遠のいている。前に持っていったのはいつだっただろうか。

「せっかく店に行くんだし持っていくか」

自転車を使うかはわからないが、ついでに持っていって損はないだろう。

というか、そうしないと店主に怒られる気がした。

家の裏にある自転車を引っ張り出し、軽トラの荷台に載せる。

ロープで固定し終わると、ちょうど着替え終わったセラムがやってきた。

「これはジン殿の自転車か？」

「ああ、長らく乗ってないからメンテナンスしてもらおうと思ってな。これを譲ってやってもいいんだが、結構古いし、セラムが使うにはあまり向かないだろうしな」

ママチャリでもセラムの身体能力なら平気だろうが、自転車は使いやすいに越したことはない。

「ジン殿の心遣いを嬉しく思う。だが、自分の移動手段になる道具だ。きちんと自分のお金で買ってみたい」

「そうか。なら、いい物を買わないとな」

互いに席に座ってシートベルトを装着すると出発だ。

エンジンが唸りを上げて、敷地内から車道へと飛び出す。

ギラギラとした八月の陽光がアスファルトの道に反射する。

左右には水の張られた田んぼがどこまでも続いていた。

空は澄み渡るような青空で、真っ白な雲が優雅に漂っていた。

今日も見事なまでに快晴だな。

過ぎ去る変わりない景色を見ながら改めてそう思う。

そうやって車を走らせること三十分。

俺たちは地元で一番近い自転車屋にたどり着いた。

明るいオレンジ色の看板には『サイクルショップ伊藤《いとう》』と書かれている。

「ジン殿！　あれが自転車屋だな!?」

「そうだ」

駐車場に車を停《と》めると、俺たちは降りて店に歩いていく。

「外にたくさん自転車が並べられている！　すごいな！」

外に並べられている自転車の数はかなりのもの。

小さな店ではあるが品揃《しなぞろ》えは豊富なのだ。

都会に比べると田舎は交通が不便だ。自動車やバイクがないと買い物をするのにもひと苦労だし、子供は自転車がないとロクに遊びにいくこともできない。

田舎では自転車は必需品といっていい。

この辺りの住民は、ほぼ全員ここで自転車を買っているだろうな。

「げっ」

大はしゃぎで外に並べられている自転車を見ていたセラムだが、女性らしからぬうめき声を上げて固まった。

「どうした？」

「ジ、ジン殿……自転車に張られている価格がとんでもないのだが……」

顔を強張《こわば》らせながらカゴに張り付けられている値段を指さすセラム。

そこには三万円というキリのいい値段が書かれていた。

「そりゃ自転車だから、そんなもんだろう」

「こんなに高いとは思っていなかった！　これでは到底私の給料では買うことができぬ！」

「んん？　渡していた金額を合わせると三万は優に越えているはずだろ？」

セラムには毎日手渡しで給料を渡している。

今まで渡した金額を合わせると、そのくらいの金額は貯《た》まっているはずだ。

疑問を投げかけると、セラムはフッと視線をずらして気まずそうな顔になる。

「…………いや、ちょっとカイト殿の店やスーパーで使ってしまったというか」

「お前、どんだけ菓子を買ってるんだよ」

毎日お菓子を食べているなと思っていたが、まさかそこまで散財しているとは思わなかった。

こいつには、異世界から迷い込んできたという自覚はないのか。

「私は悪くない！　こちらの世界の食べ物が美味しいのが悪いんだ！」

「またそれか！　騎士のくせに言い訳とは見苦しいな！」

容赦なく指摘すると、セラムが「ぐぬぬぬ」と詰まったようなうめき声を上げた。

「あっ！　でも、こちらの自転車は一万円と書いてある！　これなら私でも買えるぞ！」

「そっちは子供用だよ。それに安い自転車は壊れやすくて、修理代と手間がかかるからあまりおすすめはしないかな」

苦し紛れのセラムの言葉に答えたのは、人の良さそうな笑みを浮かべた壮年の男性だった。

サイクルショップの店主である伊藤さんだ。

「伊藤さん。こんにちは」

「いらっしゃい、ジン君。最近、自転車に乗ってるかい？」

「ほとんど乗ってないですね」

「メンテナンスに来たのは半年前だったかな？　できれば三か月に一回くらいは持ってきてほしいんだけど」

「すみません。遅まきながら一応今日持ってきました」

「なら後で見てあげよう。それで今日は、そちらにいるジン君のお嫁さんに自転車がご入り用かい？」

ややからかいのこもった眼差しを向けてくる伊藤さん。

「……伊藤さんも知ってるんですね」

「田舎は噂が回るのが早いからね」

「まあ、そういうわけでセラムの自転車を買いにきたんです」

「セラムだ。よろしく頼む！」

「セラムさんだね、店主の伊藤だよ。よろしく」

自己紹介を済ませると、俺たちは伊藤さんに案内されて店内へ入った。

7話 セラムの自転車

「……ジン殿、お金が足りないのだが……」

店内に入るなり、セラムが気まずそうに声をかけてくる。

「お金なら俺が出してやるよ」

「すまない。では、足りない分は後で必ず返そう」

自転車も必需品なので俺が買ってあげてもいいのだが、金銭に関して彼女は甘えるのを良しとしていないようだ。まあ、本人が支払いたいと言っているのだから好きにさせよう。

「セラムさんはどんな自転車が欲しいんだい？」

「えっと、自転車を買うのも初めてで、どのようなものを選べばいいのかわからないのだが……」

「なら、目的や用途で絞り込もうか。長距離を走りたいのか、近くのスーパーのような短距離用で使うのか、どんな風に自転車を使いたい？」

「できれば、遠くまで行けるようなものがいい」

「遠距離っていうのはどのくらいなのかな？　県外かい？」

「いや、そこまで遠くなくていい。一人でこの辺りにやってくることができれば十分だ」

伊藤さんの問いにセラムが慌てたように言う。

どうやら自転車でそこまで遠くへ行きたいわけではないようだ。

「ふむ、セラムさんは自転車初心者だし、ある程度の長距離が走れて、壊れにくいクロスバイクがおすすめかな」

「そうですね。ママチャリだとこの辺りまで移動するのはしんどいでしょうし」

遠距離ならロードバイク一択だが、初心者がいきなり選択するには荷が重すぎる。

卓越した身体能力を誇るセラムならすぐに乗りこなせるかもしれないが、価格が高いしな。

セラムはそこまでの長距離走行を望んでいる様子はないので、伊藤さんの言う通りクロスバイクがいいだろう。

「うむ、ではイトウ殿のおすすめするクロスバイクとやらにしよう」

専門家の意見に従うことに決めたセラムが頷くと、クロスバイクがずらりと並んでいる場所に移動。

「この列にあるのは全部クロスバイクさ。色々と種類はあるけど、そこまで性能は変わらないから好きなものを選ぶといいよ」

「わかった！」

伊藤さんが言うと、セラムはじっくりとクロスバイクを見ていく。

その間に俺は駐車場に戻り、自転車を持ってきて伊藤さんに見てもらう。

台座に載せると、伊藤さんは自転車のタイヤを指で押してみたり、タイヤを回したりする。

「すっかりタイヤの空気が抜けてるけど、ブレーキ関係は問題なさそうだね。ちょっと調整して空気を入れておくよ」

「ありがとうございます」

メンテナンスを伊藤さんに任せ、俺はクロスバイクを選んでいるセラムのところへ。

「どうだ？　気に入ったものはあったか？」

「これにしようと思う」

セラムが目をつけたのはブルーグレーのクロスバイクだ。

ＬＥＤライト付属、フェンダーが付いており、盗難防止にワイヤーロック式の鍵となっている。シンプルで機能的な初心者向けクロスバイクといえるだろう。

カゴは搭載されていないようだが、取り付けることも可能なようだ。

「おっ、いいんじゃないか？」

「そうか！　ならばこれにする！」

元の価格は四万円のようだが、セールで二万五千円くらいになっている。

半分くらいは俺が出すことになるだろうが、これならセラムの大きな負担にもならないだろう。

「気に入ったものはあった？」

なんて話していると、メンテナンスを終えたらしい伊藤さんがやってくる。

「ああ、これがいい！」

「わかった。サドルの調節をしてあげるから跨《また》がってくれる？」

開けたところに移動すると、セラムがおずおずとサドルに跨った。

高身長なセラムからすれば、デフォルトでセットされているサドルの位置は低いようで地面にペタンと足がついてしまっていた。

「サドルが低いね。上げようか」

「これ以上上げると足がほとんどつかなくなるぞ!?」

「自転車はそれくらいでちょうどいいんだよ」

「あと、重要なのはペダルに足を置いた時の角度かな。低すぎたら膝に負担がかかるし、高すぎたらお尻やふくらはぎに負担がかかるからね」

ポケットからメジャーを取り出し、跨ったセラムの足の角度を測る伊藤さん。

そうやって細かな調節をしていると、セラムにピッタリの調節ができた。

「よし、ちょっと走らせてみて――と言いたいところだけど、セラムさんは初心者だもんね」

「しばらくは俺の自転車で練習させようと思うので、調節してもらっていいですか？」

「そうだね。新しく買ったものがボロボロになると可哀想《かわいそう》だし」

壊れても問題のない俺の自転車で練習し、乗れるようになったら自分のものを使えばいい。

そこで乗った時に問題があれば、またここに来て調整してもらえばいいだろう。

俺の自転車をセラムが乗れるように調整してもらうと、セラムの自転車を精算して店を出た。

セラムの財布にあったのは一万八千円。全部出すと、日常生活に支障が出るので、一万五千円だけを出してもらい、残りは俺が払うことにした。

「〜♪」

申し訳なさそうにしていたセラムだが、自分の自転車が手に入ったのが嬉しいのか随分とご満悦だ。鼻歌交じりに自転車を押して歩いている。

「その自転車を選んだ決め手はあったのか？」

店内にはたくさんのクロスバイクがあった。

俺でもかなり迷うくらいだったが、セラムは割と早く決心していた様子だったので気になった。

「色だな。元の世界で乗っていた愛馬の耳の色に似ていたんだ」

フレームを撫でるセラムの表情は、懐かしさや寂しさが入り混じったような複雑なものだった。

「そうか」

俺はセラムが乗っていた愛馬とやらを知らないので、どのように声をかけていいかはわからない。

「すまない。なんだか感傷的な空気になってしまったな」

「いや……」

こんな時どんな言葉をかければいいんだろうな。生憎と人付き合いをあまり得意としていない俺は、ただ静かに相槌《あいづち》を打つだけしかできなかった。

「それより自転車とやらはどうやって乗ればいいのだ？　すぐに乗れるものなのか？」

空気を変えるようにセラムが明るい声音で尋ねてくる。

「コツさえ摑《つか》めばすぐに乗れるようになるぞ。せっかくだし、近くの公園で練習してみるか」

「ああ、指導を頼む！」

軽トラの荷台に自転車を積み上げると、俺とセラムは車で移動して近くの公園に向かうことにした。

●

平日、昼間の公園は実に閑散としていた。

夏休みとはいえ、この炎天下で遊ぶ子供たちはいないのだろう。

昔は走り回る子供で溢《あふ》れていたのだが、今時の子供はあまり外で遊ばないのだろう。皆、クーラーの効いた涼しい室内で、冷たいジュースでも飲みながらゆったりとしていたりゲームに興じているに違いない。

俺が子供の時にそんな生活ができれば、間違いなくそれをしていた確信があるな。

とはいえ、人気のない状況は俺たちにとって都合がいい。

セラムのような目立つ容姿をした女性が、自転車の練習などしていれば間違いなく注目を集めるだろうからな。人がいないなら目立たないし、事故で迷惑をかける心配もなかった。

「乗れるまでは俺の自転車で練習だからな？」

「わ、わかった」

ややもどかしそうにしているセラムだが、練習段階で乗っても新品の自転車を傷つけることになるのはわかっているようだ。

8話 自転車の乗り方

荷台から自転車を下ろすと、セラムが自転車を押して公園に入っていく。

この辺りは柔らかな草が生えており、地面の凸凹《でこぼこ》が少ない。

もし、転倒することになっても怪我は最小限に抑えられるはずだ。

「さあ、どうやって乗ればいい!?」

「まずは自転車に慣れるところからだな。適当にそのまま押して歩くといい。真っすぐに進んだり、右や左に曲がったり」

セラムの運動神経がいいことは理解しているが、自転車に触れるのは初めての異世界人だ。

ゆっくりと慣れさせるのがいいだろう。

そう言うと、セラムは跨らずに自転車を押して進む。

自転車初心者のセラムはそれだけでも割と楽しいらしく、表情を緩ませてハンドルを左右に切ったりして歩き回っていた。

遠回りな練習のように見えるが、自転車のハンドル操作に慣れるのは大事だ。

実際に跨って車体のバランスを取るのと同時に、ハンドルの操作感覚も身に付けるというのは意外と大変だからな。

「ちなみにハンドルの傍についてるレバーがブレーキな。そこを握ってやれば、止まれるようになっている」

「わっ!?」

早速、ブレーキを握りしめたらしいセラムがつんのめった。

初めてなので仕方ないと思うが、実に予定調和で笑ってしまう。

「急にブレーキをかければ、そんな風につんのめるわけだ。走っている人間がすぐに止まれないのと同じで、タイヤの回転もすぐに止まらないから、止まりたいときは徐々にブレーキを握り込んでいく感じな」

「……な、なるほど」

ブレーキの説明をすると、セラムが押して歩きながらブレーキをかける。

「左側のブレーキが後輪に対応していて、右側が前輪に対応している。どちらか一方だけに急にブレーキをかけると転倒するから気をつけろ」

「では、どうやってブレーキをかければいいのだ!?」

一度に説明し過ぎたからだろうか。セラムが混乱した様子で尋ねてくる。

「最初に優しく左側のブレーキをかけて、それから右側のブレーキをかければ問題ない」

「そ、そうか」

ひとまずの正解を教えてやると、セラムは確認するようにハンドルを握った。

まあ、この辺りの理解や怖さは実際に乗ってみればわかるだろう。

「ちょっと乗ってみるか」

「おお！」

そのように言うと、セラムは待ってましたとばかりにサドルに跨った。

「で、どうすればいい？」

「地面を足で蹴って進むんだ」

「……わかった」

まだこげないことに残念そうな顔になったセラムだが、素直に従って地面を蹴って進む。

トーンと地面を蹴っては止まって、それをひたすらに繰り返す。

ちょっと運動神経の残念な子は、この段階で転倒しそうになるがセラムはまったく問題ないな。

「よし、そろそろこいでいいぞ！」

「こぐ？」

「ペダルに足を置いて、前に回転させるんだ」

「わかった！」

言い直すとセラムはペダルに足を置き、少し前に回した末に転倒した。

静かな公園にガシャンッと自転車の倒れる音が響き渡る。

「転んだぞ⁉」

起き上がったセラムが大袈裟に事実を伝えて抗議してくる。

「転ばないようにバランスを取ってこぐんだ」

「それは無茶というものではないか⁉」

「皆、それを乗り越えて乗れるようになってるんだ」

「……先ほどまでは丁寧に教えてくれたのに、急に大雑把になっているような気がするぞ」

「ここに関しては感覚で覚えるしかないからな」

どれだけ理論的にアドバイスをしてもすぐに理解して乗れるわけではない。

まさに感覚の世界。逆に言えば、そこさえ乗り越えれば問題ないといえる。

「こぎ始めが一番バランスを崩しやすいからな。ペダルをこぎながらバランスを取れ」

「うぐぐっ！」

もう一度トライするセラム。

今度は少しだけ進んだが、すぐに失速してバランスを崩す。が、今回はとっさに足をつくことで転倒を回避できたようだ。こういうところの反応はすごい。

「馬ならこんな無様を晒《さら》すことはないものを……」

……現代日本で馬に乗って買い物に行くやつはいない。

五回ほどセラムがトライするのを見守っていたが、すぐに乗れる様子はない。

セラムの運動神経なら一瞬で乗れるようになるのではないかと思っていたが、自転車に限ってはそうではないのだろうか。

「しょうがない。俺が後ろを押さえていてやるからこいでみろ」

「って、お尻!?」

「触らねえよ！　サドルの後ろを押さえてるだけだ！」

人にものを教える最中に尻を触るようなことをするか。

「ほら、こいでみろ」

「わ、わかった」

やや頬を赤くしながらもセラムはペダルをこいで進みだした。

俺がサドルを押さえてバランスを取っているお陰か、自転車は転倒することなく前に進んでいく。

「お、おお！　すごいぞ！　ジン殿！　自転車が前に進んでいる！」

「気持ちはわかるが、少しスピードを緩めてくれ！　俺が付いていけない！」

しかし、セラムは自転車で進める爽快感に興奮して話を聞いてくれない。

サドルを押しながら走って付いていくのも限界だ。

俺は敢《あ》えてそのまま手を離す。

するると、セラムは気づくことなくスーッと進みだした。

「すごいすごい！　自転車とはこれほどに快適なのか！」

前に進むのに必死で俺が手を離したことにも気づいていない様子だ。

……うん、普通に安定して走れているな。

そのまま見守っていると、セラムはハンドルを切って右に曲がった。

そして、平然と立っている俺を見てセラムがギョッとするような顔になった。

「ジン殿!?　サドルを押さえてくれているのではなかったの――わあっ！」

ようやく気づいたセラムが後ろを見ようとしてバランスを崩す。

しかし、何とか足をつくことで転倒を免れた。

「運転中に後ろを向くと危ないぞ？」

「ジン殿が無言で離れるからではないか！」

「でも、俺が押さえてなくても乗れていたじゃないか」

「……そういえば、そうだったな」

そう言うと、セラムは今気づいたとばかりのような顔を浮かべた。

「今度は一人で乗ってみたらどうだ？」

「そうだな！　今のでコツを掴んだ気がする！」

再度ペダルに足を置いて、セラムがこぎだす。

スタートで若干バランスを崩しかけたが、重心移動やハンドル操作でなんとか体勢を回復させて進みだす。

シャーッと公園の土を駆けていくセラムの自転車。十メートルほど進むがバランスを崩す様子はない。

「お、おおー！　一人でも乗れた！」

安定して前に進む自転車に興奮の声を上げるセラム。

乗り始めてから十五分も経過していない。

初めて自転車に触れて、このタイムはなかなかに驚異的だな。

元から身体能力が高く、運動神経も良いセラムだ。一度、バランスを取るという感覚さえ摑めば乗れるようになるのではないかと思っていた。

公園の中を縦横無尽にセラムの自転車が駆け回る。

宙にたなびく金色の髪がセラムの嬉しさを表しているようだった。

右回りの旋回や左回りの旋回もまったく問題なく、安定している。

先ほどまでの不安定さが嘘のようだった。

「ジン殿！　乗れるようになったぞ！」

ついには余裕までできたのか、セラムがこちらを振り返って手を振り出した。

苦笑しながら手を振ろうとした俺だが、セラムの前方にある遊具を見て慌てる。

「バカバカ！　前見ろ！　前！」

俺が警告の声を上げるも間に合わず、セラムは公園にあるタイヤの遊具に激突した。

9話 女騎士は自転車に乗りたい――

「ごちそうさまでした」

昼食を食べ終えると、食べ終えた食器を下げて台所で洗ってしまう。

こういうのは後回しにしてしまうと面倒だからな。

リビングにあるテレビをBGM代わりにして食器を洗っていると、くつろいでいたセラムがそわそわとし始める。具体的には庭にある自転車に視線を向けながら。

自転車に乗りたいんだろうな。何せ昨日買って、乗れるようになったばかりだ。

異世界の女騎士であるセラムからすれば、自転車などというものは未知の道具であり、便利な乗り物だ。乗れるようになれば、すぐに乗りたいと思うのも不思議ではない。

「ジン殿、自転車に乗りたい！」

なんて思っていると、セラムが俺の予想通りの要望を言い出した。

翡翠《ひすい》の眼差しが期待でキラキラと輝いている。

普通ならじゃあ行ってこいで済む話だが、セラムは自転車初心者。

あくまで乗れるようになっただけだ。

ちょっとしたアクシデントで転倒する可能性も高いし、細かい交通ルールも把握していない。

人通りの少ない田舎とはいえ、一人で運転させるのは論外だ。

よって、セラムが自転車に乗る=監督役として俺も同行することになるのである。

「言っとくが近場だけだぞ？」

交通ルールを覚えていないうちは、セラムを遠出させるわけにはいかない。

セラムの身が危ないことはもちろん、車を運転する他の方や歩行者の皆さんに多大な迷惑をかけることになるしな。

「それでも構わない！　昨日の感覚を忘れないうちに乗っておきたいのだ！」

遠出をさせることはできないと念を押すが、セラムはそれでも構わないらしい。

自転車は身体で覚えるしかない。セラムの意見にも一理あるだろう。

「わかった。近場でいいなら付き合おう」

「ありがとう、ジン殿！」

了承すると、セラムは嬉しそうに笑った。

ただ自転車で外に行くだけだというのに楽しそうなものだ。

「ちなみに近場とはどこまで行くのだ？」

「そうだなぁ……」

せっかく外に出るんだ。自転車で走る以外の目的も欲しい。

こういう時は買い物をするに限るが、スーパー周辺には大きな車道も多い。

セラムを連れていくには少し不安だった。

「高架下まで行くか」

「高架下とは？」

「大きな橋のある川のところだ」

「なるほど！　あそこなら散歩で行ったことがある！」

セラムは暇さえあれば、町内を散策している。

俺の家から徒歩で向かうにはかなり遠い場所にあるのだが、セラムの体力と脚力からすれば余裕で行ける範囲のようだ。

「ついでに、そこで手長エビでも釣るか」

「エビ!?　あの川にエビがいるのか!?」

「天ぷらみたいな大きなエビじゃないからな？　三センチから二十センチほどの小さなエビだ」

「……そうか」

スーパーに並んでいるエビとは違うことを告げると、セラムは残念そうな顔になる。

「でも、小さくてもエビはエビだ。釣って食べると美味いぞ」

塩《しお》茹《ゆ》で、素揚げ、炒《いた》め物《もの》、パスタなど、手長エビはスーパーで売っているエビに負けない美味しさを秘めている。小さいからといって侮るなかれだ。

「そうなのか！　それは楽しみだ！」

手長エビが美味しいとわかると、セラムは表情を明るいものに変えた。

食欲に忠実で実にわかりやすい。

手長エビを釣るとなれば準備だ。食器を洗い終わった俺は冷蔵庫の中を確認。

「カニカマはないか……」

手長エビの餌によく使うカニカマは切れていた。

あそこならこういった釣り客のための餌もあるし、なければイカ系の駄菓子を餌にすればいいか。

予定が決まると、俺とセラムはそれぞれの部屋に引っ込んで準備だ。

作業着から私服へと着替える。

高架下で手長エビを釣るので濡《ぬ》れてもいいようにTシャツと短パンにしておいた。

サンダルやタオルも一応リュックに入れておくか。川辺に行くんだ。何があるかわからないし。後はのべ竿《ざお》に手長エビ専用の仕掛け、クーラーボックス、空気ポンプだな。

手長エビを釣るための道具は非常にコンパクトなので助かる。

準備を終えて玄関に向かうと、セラムがちょうどクロスバイクを引っ張り出しているところだった。

服装はジャージからユニシロのTシャツとジーンズパンツへとチェンジしていた。

しかし、荷物は一切ない。

「セラム、荷物はどうした？」

「特にないが？」

「川辺に行くんだ。水とタオルくらい持っとけ」

「そ、そうだな！」

セラムは慌ててクロスバイクを停めると、台所にある水筒に水を汲み、私室からタオルを手にして戻ってきた。

しかし、今度は手荷物ができてしまったのでクロスバイクを前にして戸惑っている。

「俺のリュックに入れていい。代わりにこれを持っておいてくれ」

「任された！」

リュックに水とタオルを入れると、セラムは俺のリュックを背負った。

俺のウエストポーチを譲ってもいいが、今後も自転車で外に出ることを考えると、セラムにもリュックを買うようにすすめた方がいいかもしれないな。

まあ、今後も続けて乗るようであればだが。

クーラーボックスとのべ竿を肩にかけると、裏に停めてあるママチャリに乗った。

「よし、行くか」

「うむ！　出発だ！　お、おおっ……」

セラムが力強い声を上げながらペダルを強く踏み込んだ。

が、強く踏み込み過ぎてしまってバランスが崩れたのか、セラムを乗せたクロスバイクが左右に揺れてしまう。

おいおい、まさかいきなり転倒しないよな？

「大丈夫か？」

「だ、大丈夫だ！　問題ない！」

見守っていると、セラムはすぐに運転を安定させてみせた。

興奮して出だしに少し躓《つまず》いただけで、しっかりと昨日の成果は染みついているようだ。

とはいえ、セラムのことだ。段差に躓いたり、ブレーキを前輪からかけたりとヘマをしそうだ。

「……ジン殿、そんなに見張らなくても私は問題ないぞ？」

「いきなり転倒しそうになった奴が何言ってるんだ」

すかさず指摘を入れると、セラムは反論できないのかちょっと不満げな顔になった。

まあ、あれ以降は特に問題もない様子だ。セラムの身体能力の高さは知っているし、何もない道でそこまで注視する必要はないか。

そう考え直して、俺はセラムを先導するためにペダルをこいで前に出る。

今日も天気は嫌なくらいに晴れ渡っており気温も高いが、自転車に乗って進んでいると風が身体を撫でつけてくれて和らぐようだ。

周囲に人は誰もいない。遠くで蟬の鳴き声がするくらいだ。

アスファルトの道を進んでいるのは俺とセラムだけ。

こんな暑い日に自転車で出かけるような大人なんていないだろうな。

「ちゃんとした道を走れるのはいいものだな！」

並走するセラムが弾んだ声で言う。

前回はひたすらに公園の中をぐるぐると回っていただけだった。それに比べれば、道を突き進み景色が過ぎ去る様を体験できるのは楽しいだろうな。

セラムの様子を見ながら進んでいると、あっという間に大場《おおば》駄菓子店が見えてきた。

「駄菓子屋に寄るぞ」

「おお、ジン殿もわかっているではないか！　自転車のお供には駄菓子だな！」

「違うわ。釣りの餌を買いに行くだけだ」

勘違いをしているセラムに突っ込みながら自転車を停めた。

すると、店の前に他にも三台の自転車が停まっていることに気づいた。

嫌な予感がする。

「……ジンとセラムだ」

「あっ、本当だ！」

「こんにちは。ジンさん、セラムさん」

引き戸を開けると、冷気と共に三つの騒がしい声がお出迎えだ。

「アリス殿、めぐる殿、ことり殿ではないか！」

小学生と中学生が乗ってそうな自転車があったので嫌な予感がしていたが、やっぱりこの三人だったようだ。

「ジンも駄菓子を買いにきたの？」

「違う。俺は釣りの餌を買いにきただけだ」

「え？　うちに釣りの餌なんてないけど？」

カウンターでスマホをいじっている夏帆《かほ》が顔を上げて言う。

「後ろの畳スペースの冷蔵庫にカニカマがあるはずだ」

「えー、本当に？」

夏帆が怪訝《けげん》な顔をしながら立ち上がる。

サンダルをぽいっと脱いで、畳スペースに上がると四《よ》つん這《ば》いになって移動。

夏帆の白い太ももが露わになる。

短パンを穿《は》いている自覚がないのか？

幼馴染《おさななじみ》の妹ということもあって微妙に困る。俺は意識的に視線を向けないようにした。

夏帆が奥にある小さな冷蔵庫を開けると、そこにはカニカマが入っていた。

「わっ、本当だ！　カニカマがいっぱいある！　なんで？」

「手長エビを釣る客のために海斗がいつも入れてるんだ」

「へー、おにぃってば変なところで気が回るなぁ」

感心している夏帆に百円を手渡し、パックに入ったカニカマを売ってもらう。

餌さえ手に入ればここに用はない。

「セラム、行くぞ」

「待ってくれ。今、駄菓子を選んでいる」

「本当に買ってるのかよ」

店を出ようとするが、セラムは真剣な表情でカゴを手にして駄菓子を選んでいた。

既にいくつかの駄菓子が入っており、買う気は満々だった。

仕方なく待っていると、服の裾が引っ張られる。

「……ジン、手長エビ釣りにいくの？」

「そうだが？」

「……私たちも行きたい」

めぐるやことりなら遠慮なく断るのだが、最年少のアリスに言われると断りづらい。

それがわかっているのかめぐるは口を出さずにニヤニヤしており、ことりは申し訳なさそうに苦笑していた。

アリスの眠たげな黄色い眼差しがこちらを見上げている。

「来たかったら好きにしろ。俺たちは高架下でやってる」

「……ありがと、ジン」

頷くと、アリスはめぐるとことりの方へと寄った。

「……行ってもいいってー」

「やった！　じゃあ、のべ竿を取りに戻ろう！」

「また後でよろしくお願いします」

めぐるたちは俺の許可が取れたことを喜ぶと、速やかに外に出て逃げるように自転車を走らせた。

「カホ殿も釣りにくるか？」

「あたしもお邪魔しようかな！　手長エビ釣りとか久しぶりだし！」

駄菓子の会計をしながらセラムが勝手に誘う。

まあ、子供たちが三人もいるんだ。面倒を見てくれる大人が増えるに越したことはない。

「おっ、なんだなんだ？　手長エビを釣りに行くのか⁉」

さらに同行者が増えたところで階段から海斗が下りてきた。

今日は姿を見せないと思ったら二階にいたらしい。

「うん。でも、おにぃは仕事だから」

「おいおい、俺も行きてぇんだが!?」

「今日は町内会用の人と近隣の学童の何件かにお菓子を納品する予定でしょ？」

「げっ、そういえばそうだった！　くそ、いつもは暇なのになんで楽しそうなイベントのある日に忙しいんだ!?」

夏帆に淡々と今日の予定を告げられて、海斗が崩れ落ちた。

仮にも経営者がそんなことを言っていいのか。

海斗がいてくれれば、めぐるたちのお守りは盤石だったが、そうはいかないようだ。

「カイト殿の分まで私が釣ってこよう」

「……セラムさん、頼んだ」

ポンと肩に手を置きながらのセラムの言葉に、海斗が涙を流しながら言った。

とんだ茶番だな。

店に海斗を置いていき、俺たちは外に出る。

「おお！　カホ殿の自転車は随分とタイヤが小さいのだな！」

「ふふん、おしゃれでしょ？」

夏帆が店の裏から引っ張り出してきたのは、ホイール径が小さい自転車でミニベロと呼ばれているものだ。見た目が可愛らしく、車体がコンパクトで取り扱いやすいので女性に人気である。

「あっ、やば。タイヤの空気が抜けてる」

夏帆のミニベロのタイヤは、それはもうひと目見ただけでわかるくらいに空気が減っていた。

都会で人気だと知って衝動買いしたはいいがタイヤが小さいせいでスピードが出ず、ママチャリの方が便利だから使わずに放置していたんだろうな。

野菜の納品をする時に駅やスーパーに自転車で向かう夏帆を見かけるが、使っている自転車はママチャリだ。

「く、空気入れてから向かうから二人は先に行ってて！」

哀れみの視線を向けると、夏帆が顔を赤くしながら俺の背中を強く押す。

いつもママチャリを使っていることは言うなということか。

いずれセラムにもバレると思うが、彼女の前では格好をつけたいのだろう。

セラムの下着を買うのに付き添ってくれた恩があるので、俺は何も言わないでおこう。

「セラム、先に向かうぞ」

「？？　わかった！　では、また後でな！」

夏帆の心境などまるで知らないセラムは呑気にそんな声を上げてペダルをこいだ。

10話 女騎士と水切り

「着いた。あそこだ」

駄菓子屋からさらに自転車を走らせること二十分ほど。

俺とセラムは目的地である高架下までたどり着くことができた。

子供の頃から遊び場の一つとして親しまれた場所は、昔と何一つ変わらないままだ。

「おお、もう着いたのか。自転車に乗っているとあっという間だな！」

道中にはいくつかの勾配があったのだが、セラムの体力からすればまったく大したことのない障害のようだ。

俺は汗をかいているが、セラムは実に涼しそうだ。

「どうだ、ジン殿！　私の運転技術は？」

自転車を降りるなり、セラムが尋ねてきた。

「ちゃんと乗れていたな」

出だし以外に転倒しそうになることはなかったし、ブレーキもきちんとできていた。

「おお！　ならば次からは一人で遠出しても――」

「それはまだ早い。今日は初心者でも進みやすい安全な道を選んだしな」

「むむむ、ジン殿がそう言うのであれば素直に従おう」

「基本的な操作は問題ないんだ。あとは知識と経験を積むだけだ」

「うむ！　ジン殿には悪いが、続けて指導とご鞭撻《べんたつ》を頼む！」

まだ乗れるようになって一日だ。そこまで焦る必要はない。

そもそもセラムは昨日自転車に乗れるようになったばかりだしな。

たった一日でここまで乗ってこられただけですごいと思う。

セラムの操作技術の総評が済んだところで俺たちは高架下へと向かう。

「ジン殿、線路が通っている！　ここにも電車とやらが通るのか？」

「いや、通らない。ここは十年前に廃線になったからな」

「どうして廃線になったのだ？」

「乗客が少なくなったからな」

電車や線路を維持するにもお金がかかるからな。

それらを運営するのが企業である以上、赤字を垂れ流し続ける路線を維持するには限界があるものだ。

「そうか。私は電車に乗ったことはないが、近くで見られないのは残念だ」

寂しそうな眼差しをするセラム。

これも一つの時代の流れだ。

「この路線はなくなったが代わりにバスの運行は増えた。悪いことばかりじゃないさ」

「バスにもまだ乗ったことがない！　車といい自転車といい、この世界にはたくさんの乗り物があってワクワクするな！」

さらには飛行機という空を飛ぶ乗り物なんてものもあるのだが、そんなことを教えれば興奮しそうなのでやめておこう。

彼女が自分で知った時に教えてやればいい。

高架下はすっかりと陰があり、ここにいるだけで気温は三度くらい下がったように感じた。

「ここは涼しいな！」

「山間《やまあい》から風も吹き込んでくるからな」

地形の影響か高架下には風が吹き込んでくる。

自転車をこいで火照った身体が冷やされるようで気持ちがいい。

「綺麗な川だな。ここに手長エビとやらがいるのか？」

セラムが膝に両手をついて水面を眺めながら言う。

「ああ、セラムの足元にいるぞ」

「むむ？　本当だ！　腕が異様に長い小さなエビがいるぞ！」

膝をさらに曲げて足元を覗き込むと、セラムは手長エビを発見したらしい。

こんな感じで岸辺や藻の密集している場所、湾状に凹《へこ》んだ場所などに手長エビは多く棲息《せいそく》し
ているので見つけるのも簡単だ。

「先に始めたらめぐるたちに文句を言われそうだ。あいつらが来るまで少し休憩だな」

「そうだな。めぐる殿たちが来るのを待とう」

とは言ったものの夕オルで汗を拭いて、水分休憩を五分もしていれば暇になるものだ。

俺は平べったい綺麗な石を見つけると、暇つぶしに水面へと石を投げた。

俺が投げた石は水面に沈むことなく、何度も跳ねて進んでいく。

やがて、石は十二回ほど跳ねたところで水の中へ沈んだ。

それなりの回数に満足して振り返ると、セラムがあんぐりと口を開けてこちらを見ていた。

「ジン殿!? 今の投擲《とうてき》技はなんだ!? 私も数々の投擲技を修めてきたが、あのような技は見た
ことがない!」

そりゃ、ただ水面で石ころを跳ねさせるためだけの技だからな。

戦に出る女騎士が会得する意味のある投擲技じゃないだろう。

「水切りだ。川の表面を滑らせるように石を投擲し、跳ねた回数を競う遊びだ」

「おお、そのような遊びがあったとは……ッ! 私もやってみる!」

水切りの概要を説明すると、セラムが興奮した様子で石を拾い上げる。

そして、右腕を大きく振りかぶると、勢いよく石を投げた。

ドッボオオオオオオオオオオンッという低い音が響き、大量の水が撒《ま》き散《ち》らされる。

セラムが投げた石は水面を叩き割り、その先にある大きな岩を貫通させた。

「あっ」

「やりすぎだ」

「す、すまない！　投擲するのが久しぶりでつい気合いが入ってしまった！」

石ころで岩が貫通ってどうなっているんだ？

驚異的な身体能力を誇る女騎士の手にかかれば、ただの石ころでさえとんでもない武器へと変貌するようだ。

「間違っても他人に石を投げつけるんじゃないぞ？」

「言われなくても人に石を投げつけたりはしないぞ!?」

セラムが遺憾だとばかりに主張をしているが、マジでシャレにならないからな。

今の衝撃で手長エビが流されていないといいが……。

「どうやれば、ジン殿のように水面を跳ねさせることができるのだ？」

あれほどの被害を与えたのに、セラムはまだ水切りがしたいらしい。

釣りをするなら日陰になっている高架下でしたいので、手長エビが流されないように俺とセラムは少し離れた位置に移動する。

「水切りで大事なのは、平べったい石を使うことと、しっかりと横回転をかけることだ。この二つさえ意識できれば、ある程度は水面を跳ねるはずだ」

「なるほど！」

大雑把に説明をすると、セラムは歩き回って平べったい石を探し始める。

「ジン殿、これなんてどうだ？　平べったいぞ！」

わざわざ拾った石を見せにくるのが犬っぽい。

「いい感じだな。それで横回転をかけて投げてみろ」

「やってみる！」

セラムはしっかりと石を握り込むと、右腕を大きく引いて投げた。

勢いよく投げた石は水面に沈むことなく、とんでもない回数の跳ねを見せた。

ピピピピピピッと小気味のいい水音を響かせながら、どこまでも進んでいく。

その勢いは対岸に乗り上がることでようやく止まった。

「ジン殿！　できたぞ！」

「なっ!?　今、何回跳ねたんだ!?」

「四十二回だ！」

四十二回って、とんでもない回数だな。

試しにスマホで世界記録を調べてみると、世界二位の記録が五十一回だった。

俺の大雑把な説明を聞いて、たった一回投げただけでこれなのだからしっかりと練習すればもっと回数は伸びるだろうな。勢いがなくなったから止まっただけで、川の幅がもっとあれば跳ねる回数は増えていたに違いない。

「セラムさん、すげー！」

「……水切り上手」

「遠くから見ていましたけど、とんでもない回数跳ねていましたよ！」

呆然としていると、めぐる、アリス、ことりが自転車から降りて、興奮した声を上げながら寄ってくる。

ちょうどセラムの水切りを見ていたらしい。

目撃したのが最初の岩を割る投擲じゃなくて本当によかった。

圧倒的な跳躍回数を見せたセラムに影響されてか、めぐるたちが次々と川に石を投げていく。

めぐるが五回、ことりが四回、アリスが二回。

そうそう、普通はこのくらいだよな。

いきなり四十二回などという意味のわからない跳ねを見てしまったので感覚がバグるところだ。

「ねえ、セラムさん！　どうやったらそんなに跳ねるの!?」

「腕をこうしならせてグワンッと投げるのだ！」

「「「…………」」」

セラムのそんなアドバイスを聞いて、めぐるたちは悟ったのだろう。

ああ、この人は教えるのに不向きなのだと。

「ジン、教えてー」

「何故《なぜ》だ!? こんなにも私が丁寧に教えているというのに!?」

あっさりとこちらに流れてきためぐるたちを見て、セラムが愕然《がくぜん》とする。

そりゃ、あんな擬音まみれのアドバイスを送ればそうなるだろう。

「跳ねさせるコツは腕だけで投げずに、しっかりと胴体を回転させることだな。そうすれば、あまり力を入れなくても投げることができて、自然と跳ねるだろう」

細かい注意点は他にもあるが、これらの点を意識すれば、それなりに跳ねてくれるはずだ。

「へー、やってみる!」

めぐるたちは石を拾うと、俺のアドバイス通りに胴体を回転させるように石を投げた。

「わっ! 十回も跳ねた!」

「私は七回です!」

「……五回跳ねた」

先ほどよりも回数が増えたからか、めぐるたちが嬉しそうにはしゃぐ。

そんな姿をセラムがどんよりとした瞳で見つめていた。

「ジン殿より私の方が多く跳ねさせることができるというのに……」

「セラムは人に教えるのが苦手みたいだな」

「うう、騎士団に所属していた頃にもそれを言われた」

セラムは感覚派のようで、あまり人に何かを教えるのは向いていないようだ。

実力があっても、人にそれを教えるのはまた別の才能だからな。

11話 手長エビ釣り

「やっほー、お待たせ！」

水切りをして遊んでいると、程なくしてミニベロに乗った夏帆がやってきた。

「夏帆殿、すごい汗だ。私のタオルでよければ使うか？」

「だ、大丈夫。平気だから……」

やはりこの季節にミニベロでここまでやってくるのは少ししんどかったようだ。

夏帆の額には大粒の汗が浮かんでいた。

おしゃれは我慢とも言うらしいし、あまり突っ込んでやるのも可哀想だろう。

「よし、全員が揃ったことだし手長エビを釣るか」

「え？　……ああ、そうであったな！　手長エビだ！」

なんて言うと、セラムがきょとんとした顔になり慌てたように言った。

多分、水切りに夢中で手長エビを釣るのを忘れていたんだろう。

こっちが本命の遊びだからな。

水切りをやめると、それぞれが高架下に戻ってのべ竿を取り出す。

「随分と短い竿だな？」

「小物を釣るための竿だからな」

リールもついておらず狙えるのは手長エビ、ザリガニ、ハゼ、フナ、タナゴといった小物であるが、非常にコンパクトでどこででも気楽に釣りをすることができる。

「ジン、餌貰うよ！」

「……ちょうだい」

めぐるとアリスがそう言ってパックからカニカマを取って引き裂くと、針につけて釣りを始める。

餌くらい自分で用意しろと言いたいが、手長エビ釣りにこんなにカニカマがあっても余るのは確実なので黙認しよう。

続いてことりも申し訳なさそうにカニカマを貰い、夏帆もひょいと俺のカニカマを摘まんで針につけた。

「……皆、手際がいいのだな」

「この辺りに住んでる奴なら、誰もがやったことがあるからな」

幼いアリスであっても一人で仕掛けの準備くらい朝飯前だ。

のべ竿を伸ばすと、手長エビ専用の仕掛けを取り出す。

それをくぐらせ、糸に結ぶ。

基本的な仕掛けはこれだけなので非常に簡単だ。

後はカニカマを裂いてやって針につけるだけだ。

「よし、これで釣れるぞ」

「おお、ありがとう！　ジン殿！」

仕掛けと餌をつけてやると、セラムが嬉しそうにのべ竿を受け取った。

俺も自分の仕掛けを完成させると、セラムと一緒に手長エビを探す。

「ちょうど足元に三匹いるな」

「どうやって釣るのだ？」

「まずは手長エビの前に餌を落とす」

「早速、挟んだぞ!?」

「上げるにはまだ早い。手長エビは安全な場所で食事をする習性があるからな。岩陰まで持っていって食いついたところで——引き上げる」

解説をしながらのべ竿を引き上げると、針先には手長エビがかかっていた。

釣り上げられた手長エビがビクビクと体を揺らし、水滴を飛ばしている。

「なるほど、簡単だな！」

「一見して簡単なように見えるが意外と難しいぞ？」

「ジン殿、さすがにそれは私を侮り過ぎだ。こんな小さなエビを相手に苦戦するなどあるわけがない！」

などとセラムが豪語した十分後。

「あああああああ！　餌だけが取られてしまった！」

高架下にセラムの悔しげな声が響き渡っていた。

さすがは異世界の女騎士。フラグを立てるのが上手いな。

「あはは、竿を上げるのが遅かったね」

「だが、カホ殿！　先ほどは竿を上げるのが早いと指摘を……」

「そうだけど、今回は遅すぎかな。手長エビの反応を見て、タイミング良く竿を上げないと」

「ははは、見事に手長エビに翻弄されているな」

笑っていると、セラムがずいっとのべ竿を持ってくる。

「ジン殿、餌をつけてくれ！」

「カニカマを刺すだけだ。自分でつけろ」

虫餌が苦手であれば、代わりにつけてやらないこともないが、今回の餌は裂いたカニカマをつけるだけだ。自分でやれ。

「もう一度だ！」

カニカマを渡してやると、セラムは鬼気迫る表情で針に餌をつけて糸を垂らし始める。

「……がんばれ、セラム」

「ファイトです！」

この数十分で手長エビを一匹も釣れていないのはセラムだけだ。

それもあってアリスとことりから余裕のある声援が飛んでくる。

ほどなくすると、またしても手長エビが餌を掴み、岩陰へと持ち込む。

そして、のべ竿に感触があったタイミングでセラムが引き上げた。

「また、やられたのか……？」

「みたいだな」

「くっ！　私の餌だけを奪っていくとはなんと狡猾《こうかつ》な奴だ！　姿が見えているだけあって腹立たしい！」

呆然としていたセラムが一転して、悔しそうに地団駄を踏んだ。

今どきの子供でもこんなにヘタな奴はいないぞ。

「グッと重くなった時に一旦止めて反応を待ってみろ。そうするとエビが違和感を抱いて、後ろに下がって針にかかることがある」

「……なるほど。ジン殿のアドバイスに従ってやってみよう」

セラムは餌をつけると、もう一度同じ場所に糸を垂らす。

すると、岩陰から鋏脚《きょうきゃく》が異様に発達した灰褐色の手長エビがぬっと出てくる。

そいつはカニカマを挟むと、岩陰へと持っていき食事を開始。

十五秒ほどすると、セラムが竿から感触を得たのか軽く引き上げる。

が、完全には上げずに竿を止めた。

次の瞬間、セラムののべ竿が強くしなり、横から見ていてわかるほどに糸がビンビンと震える。

「わっ！　強い反応だ！」

「かかったな。ゆっくり上げろよ？　早く上げるとすっぽ抜けるからな」

落ち着かせるように優しい声音で言うと、セラムはゆっくりとのべ竿を引っ張り上げた。

その針先にはとても大きな手長エビがついていた。

「ジン殿、やった！　私も手長エビを釣り上げることができたぞ！」

「ああ、わかったからこっちに来い。そのままだと針が外れ――」

誇らしげに手長エビを見せてくるセラムに忠告をするが、それは遅かったらしい。

針から手長エビが外れ、ポチャンと水中に落ちた。

「ああっ!?」

「だから言っただろうに」

「……ジン殿」

セラムが泣きそうな瞳でこちらを見上げてくる。

「感覚は今ので掴んだだろう。もう一度、餌をつけてやってみろ」

「う、うむ」

落ち着いてセラムを諭すと、セラムはもう一度餌をつけて糸を垂らした。

すると、すぐにあっさりと同じ個体が釣れた。

「お、おお。今度はあっさりと釣れた」

「ほら、クーラーボックスだ。ここにさっさと入れておけ」

「う、うむ」

セラムはすぐに糸を手繰り寄せると針から外し、手長エビをクーラーボックスに入れた。

「セラムさんの釣り上げたやつ大きいね」

夏帆と共にクーラーボックスを覗き込むと、セラムの釣り上げた個体は一番の大きさを誇っていた。

「うむ。その分、随分と苦労させられたものだ」

何せちょんぼしたせいで二回も釣り上げてるからな。

そんなことを口に出せば、拗《す》ねてしまいそうなので言ったりはしないが。

「それにしても、手長エビを釣るのは難しいのだな」

「コツさえわかれば後は簡単だ。二回目も簡単に釣れただろう？」

「確かにそうだな！　この調子で私もドンドンと手長エビを釣るぞ！」

ようやく一匹目を釣ることができたからか、セラムがテンションを上げながら新しい餌をつけて糸を垂らした。

そんな彼女を横目に俺も手長エビを探して、糸を垂らす。

すると、手長エビがのそのそと出てきて餌を挟むと、ブロックの中へと持っていく。

ウキが沈み、餌を持っていかれる感触が竿から伝わってくる。

手長エビがブロックの中に移動し、見えなくなってしまうが、俺は竿の感覚を頼りに行動を予想。

ウキが動いている時は手長エビが餌を運んでいる最中だ。

口に入れてはいないので釣り上げるにはまだ早い。

やがてウキの動きが止まったので軽く竿を持ち上げて止める。

すると、竿にビンビンとした強い反応が伝わった。

針が手長エビの口にかかって暴れていることを察した俺は、そのままゆっくりと持ち上げた。

「よし、釣れた」

針先には見事に手長エビがいた。

ピシピシと体を震えさせて抵抗するが、俺は構わずに糸を手繰り寄せると、素早く針から外してクーラーボックスに入れてやった。

「やった！　二匹目だ！」

手長エビを釣るのは子供の頃以来だったが、腕の方は衰えていないようだ。

「セラムさん、やるじゃん！」

「メグル殿は何匹釣ったのだ？」

「六匹」

「コトリ殿とアリス殿は？」

「私は四匹です」

「……三匹」

「むむ、私も負けていられんな！」

視界の端ではセラムとめぐるたちが競い合うようにして糸を垂らしている。

俺も年長者として負けるわけにはいかないな。

俺は素早く餌をつけると、速やかに次の釣りを開始した。

●

「結構、釣れたな。何匹くらいだ？」

「二十九匹だね」

クーラーボックスを覗き込んで手長エビの数をカウントしようとすると、夏帆が教えてくれた。

俺が十二匹に夏帆が九匹、セラムが八匹。

三人の二時間の釣果としては十分だな。

「セラム、そろそろ帰るぞ」

「あと一匹！　今、餌を摑んでいるところなのだ！」

「しょうがないな。釣れなくても引き上げるからな」

水面を見ながら返事をするセラムにそう声をかけておく。

夕方の畑作業のことを考えると、そろそろ戻らないといけないからな。

「俺とセラムは帰るが、めぐるたちはどうする？」

「あたしたちは、もうちょい続ける」

「……家族を養わないといけないので」

「家族を養う？」

「えっと、お父さんとお母さんに期待されてますので……」

「なるほど。献立の一品として期待されているわけか」

うちはセラムという大喰《おおぐ》らいの女騎士がいるが、人数は二人だけだ。

特にめぐるは三人兄妹《きょうだい》ということもあって、ノルマが大変なんだろうな。

とはいえ、子供たちだけを高架下に置いて帰るのは少し心配だな。

「三人はあたしが見てるから大丈夫だよ」

「いいのか？」

「もうそろそろおにぃもここに来るから」

スマホにある連絡アプリをこちらに見せる夏帆。トークの履歴を見ると、海斗が急いでこちらに向かっている旨が書かれていた。

海斗が来れば夏帆も心置きなく帰れるだろうし、安心だな。

「手長エビは親に渡しておくからな？」

「うん、お願い！」

そんなわけでここは夏帆に任せて俺は撤収準備を始める。

「セラム、どうだ？」

「ああ、釣れたぞ！」

セラムが最後に釣り上げた手長エビを持ってきてボックスに投入した。

これで数は三十四でちょうどいい数字だ。

しかし、数が多いせいかボックス内がとんでもないことになっているな。

念のために水を入れ直すと、俺はボックスの蓋をロックした。

二本の竿から仕掛けを外すと、水気をしっかりとタオルで拭っておく。

コンパクトに折り畳むとカバーをかけて収納する。

「じゃあ、俺たちは先に帰るからな」

「皆、先に失礼する！」

自転車を押しながら声を上げると、めぐるたちは口々に返事をして手を振ってくれた。

斜面を上り終えると、俺とセラムはサドルへと跨る。

「さて、家に帰るまでが自転車の練習だからな？」

「わかっている。安全運転だな！」

セラムは笑みを浮かべると、ペダルをこぎ出して軽々と進み始めた。

高架下とはいえ、炎天下の中で遊んでいた疲労は微塵《みじん》もないようだ。

彼女が安定して進んだことを確認すると、俺は遅れてペダルを踏みしめた。

●

駄菓子屋に寄って、夏帆の親に手長エビを半分ほど引き渡すと、俺とセラムは何事もなく家に戻ることができた。

俺はママチャリを裏に、セラムはクロスバイクを玄関の端へと停める。

「いい汗をかいたな！」

自転車をたくさん走らせることができたからかセラムの表情も実に満足げだった。

「先にシャワーを浴びてきていいぞ」

「わかった。では、先に行ってくる」

セラムは私室へ引っ込むと、着替えやバスタオルなどを手にして浴場に向かった。

その間に俺は釣り道具を元の場所に仕舞ったり、タオルで汗を拭って、水分補給をする。

この暑さの中で外に出るのは慣れているが、セラムや子供たちの面倒を見ていたために別の疲れがあったな。

「ジン殿、上がったぞ！」

ソファでボーッとしていると、ジャージに着替えたセラムが出てきた。

五分と少ししか経過していない。

どうやら俺のことを気遣って早めに出てきてくれたらしい。

セラムと入れ替わる形で俺も着替えやタオルを持って浴場へ。

蛇口を捻ると、いきなり冷水が俺の身体へ降り注いだ。

「どわあああっ!?」

「ジン殿!?　何かあったのか!?」

セラムがドタドタと駆けつけてきて脱衣所にやってきたと思うと、彼女はそのまま浴室の扉を開けた。

まさか、いきなり扉を開けてくるとは思わなかったので局部を隠す暇もない。

セラムは視線を上から下へと移動させると、みるみるうちに顔を真っ赤にさせた。

「あ、あの、これは……」

「とりあえず、平気だから扉を閉めろ」

冷静に言い放つと、セラムはわたわたとしながらも扉を閉めた。

なんともいえない微妙な空気が漂う。

「ジン殿、これは決して邪《よこしま》な気持ちでやったわけではなく、悲鳴が聞こえたのでジン殿の身に何かあったのかと……」

「わかってるが、さすがに慌て過ぎだ。この世界には魔物なんていないんだからそこまで焦らなくてもいい」

「め、面目ない」

セラムの世界には魔物がいて、日常的にその被害が出ていた。

この世界に慣れていないセラムが悲鳴を聞いて、過剰な反応をしてしまうのも無理はないだろうな。まあ、だからといって本物の剣を手に、風呂場に来られるのは困るのだが。

「ちなみにジン殿はどうして悲鳴を？」

「……いきなり冷水が出てきてビックリしただけだ」

「それは申し訳ないことをした」

お湯が出てくると思っていたところに冷水が出てきたので悲鳴を上げてしまっただけのことだ。大したことではないが心臓にとても悪かった。

「温度を確認しなかった俺も悪かったが、次からは温度を変えたら元の位置に戻しておいてくれると助かる」

「わかった。そうしよう」

「とりあえず、リビングに戻ってくれないか？　そこにいられるとシャワーを浴びづらいんだが……」

「すまない！」

そう言うと、セラムは慌てて脱衣所から出ていった。

サッとシャワーを浴びて作業着に着替えると、セラムは正座をしてリビングに待機していた。

傍らには剣が置かれているので、まるで切腹をする前の武士のようだ。

改めて謝罪の言葉を口にしようとしたセラムよりも先に俺が口を開いた。

「さっきのことは不可抗力だ。だから、お互いに水に流すとしよう」

それはセラムと俺が最初に出会った時と同じ言葉。

「……ジン殿」

「それでいいだろ？」

「ああ、ありがとう」

セラムが許してくれたように俺も許す。それでいい。

とはいっても、セラムと違って、俺の裸には見るような価値もないと思うがな。

和解を済ませた俺は台所へと移動して、クーラーボックスの蓋を開けた。

そこには十五匹ほどの手長エビがおり、それなりに砂を吐いていたので水を入れ替えた。

「夕食が楽しみだな」

「本来なら泥を吐かせるために一日置いておくんだが……」

「え」

「あそこの川は綺麗だし、半日も吐かせれば十分だろう」

「なんだ。ビックリさせる言い方をしないでくれ」

俺としては一日放置でもいいかと思っていたが、セラムがこの世の終わりかのような顔をするので今日の夕食に加えることにした。

どんだけ手長エビを食べたいんだ、この女騎士は。

「手長エビはこのまま泥吐きをさせて、俺たちは夕方の仕事だ」

「ああ！　仕事も頑張るぞ！」

●

午前中に大きな取引き先への出荷は終わらせていたので、夕方の作業はトマトやきゅうりなどのちょっとした収穫と、摘芽、誘引をし、農具のメンテナンスをして終了となった。

「さて、夕食を作るか」

「うむ！」

私服に着替えると、俺とセラムは台所で夕食の準備を始める。

今日の夕食のメインは手長エビだ。

「本来なら素揚げにするのが鉄板だが、揚げ物は昨日から散々食べているしな」

「私は揚げ物でも一向に構わないぞ！　揚げ物は美味しいからな！」

「お前はそうでも俺は嫌だ」

昨晩は唐揚げを作ったことにより、今日の朝食と昼食にも続けて唐揚げが並んだ。

既に三回連続で揚げ物なのに、さらに続けて揚げ物を食べたいとは思わない。

「よし、今日は少しおしゃれにパエリアといくか」

「パエリアとは？」

「具材やスパイスを加えたご飯料理だ」

「ほう、それは美味しそうだな」

ご飯料理ならば他にたくさんのおかずを用意しなくても済むので一石二鳥だな。

パエリアを作ることにした俺たちは冷蔵庫から必要な食材や調味料などを取り出して準備を開始する。

「まずは手長エビの下処理だな」

「まだ元気そうだな」

「このままだと調理しにくいから絞めるか。とりあえず、セラムはこの蓋を持っておいてくれ」

小首を傾げるセラムに蓋を持たせると、俺はボウルに料理酒を入れた。

そこに泥吐きをさせた手長エビを投入。

「蓋をしてくれ」

「わっ！　ボウルの中で跳ねる音がする！」

「直に大人しくなるからそのままで頼む」

水音に驚きながらもセラムはしっかりと蓋でボウルを押さえる。

ほどなくすると、中から音がしなくなったのでセラムに蓋を開けてもらった。

「あれほど元気だった手長エビたちがすっかり大人しくなったぞ。もしや、この透明な液体は毒なのか？」

わなわなとした様子でセラムが驚く。

お酒も過ぎれば毒となるので間違いではない。セラムの言っていることが間違いではないのが面白いな。

しかし、そんなことを言えば、彼女が混乱すること間違いなしなので正しく説明をする。

「違う。それは料理に使う度数の高いお酒だ。要はエビたちを酒で酔わせて動けなくさせたんだ」

「人間と同じように手長エビたちもお酒に酔うのだな」

これほど体積を持っていても料理酒のような度数の高いお酒を数杯飲めば酔うのだ。より体積の小さい手長エビが溺れるくらいの酒を入れられれば酔って動けなくなるのも当然だな。

手長エビたちが大人しくなったところでザルへ移し替え、たっぷりの粗塩を振りかける。

「ザルを揺すって塩で汚れを落としたら、水で洗ってキッチンペーパーで水気を取っておいてくれ」

「わかった」

セラムに手長エビの処理をしてもらっている間に、俺はタマネギ、ニンニク、トマト、パプリカなどの具材を細かく切る。

切り終わったら厚底のフライパンにオリーブオイルを入れて火にかける。

フライパンが温まったらそこにニンニク、タマネギを入れて炒め、ほどよく熱が通ったところでトマト、パプリカを加えてさらに炒めていく。

「ジン殿、手長エビの処理が終わったぞ」

「なら二合分のお米を軽く洗ってくれ」

「軽くでいいのか？」

「軽くでいい」

ここで洗い過ぎると水分を吸ってしまい、煮込んだ時のスープの吸収量が減ってしまう。

本来なら洗わなくてもいいくらいだが、表面の汚れが気になるので俺は少しだけ洗うことにしている。

「軽く洗ったぞ」

「フライパンに入れてくれ」

軽く洗ったお米を入れてもらうと、炒める。

パエリアの肝となるサフラン、塩、胡椒《こしょう》を加え、さらに水を注ぐとこのまま煮込んでいく。

十分ほど煮込むと、下処理の済ませた手長エビを加え、さらに五分ほど煮込む。

「いい香りだなぁ」

ぐつぐつと音を立てる鍋からは手長エビの香りと、サフランのスパイシーな匂いがしていた。

十分に火が通ると、俺はコンロの火を落とす。

「あと十五分ほど蒸らせば完成だ」

蒸らしている間に何もしないのも勿体《もったい》ないので、セラムにトマトときゅうりのサラダを作ってもらいつつ、俺は食器を洗ったりと片づけをしておく。

そうやって十五分が経過し、ゆっくりと蓋を開ける。

すると、フライパンの中にはすっかり赤くなった手長エビにパプリカ、タマネギ、トマトなどの鮮やかな野菜に黄色く色づいた白米が鎮座していた。

「うおおお！　美味しそうだ！」

セラムが感嘆の声を漏らす中、できるだけ仕上がりを崩さないようにお皿に盛り付ければ完成だ。

「それじゃあ食うか」

「うむ！」

空腹だった俺とセラムはリビングに着席すると、すぐに手を合わせてスプーンを手にする。

手長エビのパエリアは独特なスパイスの香りを漂わせていた。

「う、美味い！」

「手長エビの旨《うま》みがしっかり出ているな」

一口食べれば、手長エビの豊かな旨みが口いっぱいに広がる。

半日しか泥吐きはさせなかったが、泥臭さなどはまったくなくしっかりと甘みがある。

パエリアといえば、他にもムール貝やイカなどのたくさんの魚介を入れるイメージがあり、手長エビ一つでは物足りないのではないかという懸念もあったが、手長エビはしっかりと仕事をしてくれたようだ。これ一つでも十分な海鮮の風味の強さと満足感がある。

「具材とご飯を一緒に食べると一層旨みが出るな」

鮮やかな色合いをした野菜たちもエビ、ニンニク、サフランの香りを吸収しており、ご飯と一緒に食べると渾然《こんぜん》一体の味わいとなり、とても食べ応えがある。

「これはスプーンが止まらないぞ、ジン殿！」

セラムが次々とパエリアを口へ放り込んでいく。

俺も負けないくらいのスピードで口へ放り込んでいた。

スプーンが進み、お代わりを何度か重ねると、気がつけば厚底のフライパンからパエリアは綺麗さっぱりとなくなっていた。

「……美味かったのだ」

「パエリアなんて久しぶりに作ったけどイケるもんだな」

こんな料理、一人じゃ絶対に作らない。

セラムがいるからこそ作ろうと思った料理だろうな。

セラムと一緒に生活をするようになって、俺の食生活に随分と彩りが出たものだ。

「ジン殿、私はまた手長エビが食べたいぞ」

食べ終わったばかりなのに、次の食事を見据えているセラムに苦笑してしまう。

「そうだな。こんなに美味しいなら、また釣りに行ってもいいな」

手長エビを釣る楽しさも、食べる美味しさも思い出したのだから。

12話 セラムを探せ

時刻は朝の六時を過ぎていた。

「セラムのやつ、帰ってこないな……」

彼女の日課である朝の散歩。

仕事の十分前くらいには戻ってくるので、いつも通りに今日も帰ってくると思ったのだがまだ帰ってこない。

ポンコツな女騎士ではあるが、あれでも異世界で騎士団に所属していただけあって時間はキッチリとしている。

そんなセラムが帰ってこないとなると少し心配だ。

だけど、前にもこんなことがあった。その時は関谷夫婦に屋根瓦の修理を頼まれていたんだっけ。

元々、人助けが好きで人のいい性格をしたセラムのことだ。

散歩の途中に何かを頼まれているのだろう。

「しょうがない。少し探しにいくか」

あいつの場合は人が良すぎて断ることができずにいるかもしれない。

なんでもかんでも引き受けてしまってパンクする前に、さっさと俺が引き戻すべきだろう。

そう判断した俺はセラムを探すべく家を出た。

とりあえず、セラムがいそうな場所を巡ればいい。

まずはお隣さんである関谷夫妻のところに行ってみる。

「あら、ジンちゃん。おはよう」

「おはようございます、実里さん」

「ねえね、昨日のドラマ観た？　刑事がヤクザに潜入捜査するやつ」

セラムの居場所を聞こうとしたところで、実里さんが唐突に尋ねてきた。

「あ、はい。観ましたよ」

「面白かったわよね〜。内容ももちろん面白いんだけど、俳優がカッコ良くて！」

とっさに頷くと、実里さんがここぞとばかりにドラマの感想を語ってくる。

あ、これ長いやつだ。

実里さんはとてもドラマが好きなので、ドラマの話題が出てくると話がとても長くなるのだ。

だからといって早々に切り上げることはできない。実里さんには小さな頃からお世話になっているので頭が上がらないのだ。

実里さんがドラマについて熱く語る中、俺はできるだけ聞き役に徹して相槌を打つことにした。

「はぁ、身近にドラマを観ている人がいるっていいわね」

「茂さんはあまりドラマを観ないですしね」

「そうなのよ。観てって言っても観てくれないし、話も聞いてくれないものだから」

その分のしわ寄せがこちらにきている気がするが、世の中は持ちつ持たれつだ。

茂さんにはお世話になっていることも多いので堪《こら》えよう。

「ところで、ジンちゃん。こんなに朝早くからどうしたの？」

十五分ほど喋《しゃべ》ったところで、ようやく刑事ドラマの話題が流れ、俺にとっての本題となった。

「セラムがここに来ていませんか？　散歩からまだ帰ってきていなくて」

「あら、そうなの？　セラムちゃんなら駄菓子屋の方に歩いていくのを見かけたわよ？」

「そうでしたか。ありがとうございます。探してきます」

よかった。俺の十五分は無駄にならなかったようだ。

俺はこれ以上ドラマの話題を振られる前に、逃げるようにして駄菓子屋へ移動した。

大場駄菓子店にやってきたが、当然早朝なので駄菓子屋は営業していない。

とはいえ、ここは田舎だ。経営している大場家とも知り合いなので、営業時間外といっても平気で駄菓子を買ったりすることがある。

早朝に店を開けてもらって、めぐるをはじめとする子供たちとセラムがたむろしていてもおかしくはない。

半分開いているシャッターをくぐると、店内には誰もいなかった。

「おーい、海斗！　いるかー？」

迷惑にならない程度に声を上げると、二階から海斗が下りてきた。

赤いアロハシャツにベージュの短パン。家の中でも海斗のスタイルは変わらないらしい。

「なんだー、ジン？　こんな朝早くから？」

「セラムが来てないか？」

「セラムさん？　来てねえけど？」

「そうか。セラムなら絶対ここにいると思ったんだけどなぁ」

「まず初めに来るところがここなのかよ。でも、セラムさんならあり得るな」

どうやらここには一度も来ておらず、海斗も見かけてはいないようだ。

「朝早くから悪かったな」

礼を言って外に出ようとすると、ちょうどシャッターの下をくぐって女性が入ってきた。

「もうおにぃ。ポカリくらいお店に補充しといてよね。自販機までわざわざ買いに行くのめんどいんだから」

そんな愚痴を言いながら入ってきたのは夏帆だった。

丸縁の大きな眼鏡をかけて、ブラウンの髪は後ろで大雑把に結ばれている。

淡いピンクのパジャマを着ており、完全に寝起き姿だ。

ポカリを押し付けられるが、俺は海斗ではない。

受け取らずにいるとシャッターをぐって中腰になっていた夏帆が怪訝な顔でこちらを見上げた。

「うえっ！　おにぃじゃないじゃん！　――いったぁ!?」

驚きで急に頭を上げてしまった夏帆はシャッターに頭をぶつけてしまった。

ガシャンッて結構派手に音が鳴っていた。とても痛そうだ。

「大丈夫か？」

「……大丈夫じゃないかも」

おずおずと尋ねると、夏帆が頭を抱え込むようにして押さえて涙目になっていた。

やっぱり痛かったらしい。

床に転がったポカリを拾い上げて、海斗に渡しておく。

ほどなくすると、夏帆はようやく頭の痛みから解放されたのかゆっくりと立ち上がった。

「はぁ、今のあたしすっぴんだし、パジャマ姿で超ダサいんだけど……」

「そんなことはないぞ。夏帆はすっぴんでも綺麗だ」

「もっと心が込もってたら七十点かな」

感情が込もっていても百点には届かないのか……女心というのはわからないものだ。

「ところで、ジンさんはどうしてここに？」

なんでこんな朝早くに来てるんだという非難が込められていそうだが、それは鋼の精神でスルーだ。

「ちょっとセラムを探しにきてだな」

「セラムさん？　彼女なら住宅街の方で猫と戯れてたわよ？」

「そういうわけか……」

セラムが戻ってこない理由がわかった。

ことりに案内された時にセラムは猫にご執心だった。きっと、猫を愛《め》でるのに夢中になるあまりすっかり時間を忘れているのだろう。

「情報提供に感謝する」

俺は夏帆に礼を告げると、駄菓子屋を出て中心地の方へと走っていく。

住宅街を突き進んでいくと、以前ことりに案内された軒下にセラムが屈《かが》んでおり、その周りに大勢の猫たちがいた。

「よーしよしよし、おはぎは本当に可愛いなぁ」

俺に気づいていないのか、セラムは猫撫で声を上げて真っ黒な猫を撫でている。

もう猫に名前まで付けているらしい。

「猫が可愛いのはわかるが、何か忘れてることがあるんじゃないか？」

「はえっ？　ジン殿？　どうしてここに？」

「仕事の時間になっても帰ってこないから探しにきたんだ」

「そ、そんなバカな！　まだおはぎたちと出会って少ししか時間は経っていないはずだ！」

「もう始業時間を三十分も過ぎてる！」

腕時計を見せつけながら言うと、セラムはようやく現実を受け入れることができたのか口を魚のようにパクパクとした。

「そ、それは大変申し訳ないことをした！　すまない、ジン殿！　大切な仕事をすっぽかすなど騎士の名折れだ！」

「やめろ。こんな住宅街で頭を下げるな。周りの人たちが見てるだろ」

ただでさえ、セラムは容姿のせいか目立ちやすいんだ。

こんなところで頭など下げていたらどんな噂話をされるかわからない。

「別に怒ってないから。とりあえず、仕事に戻るぞ」

「あ、ああ」

「腕に抱えている黒猫は置いていけ」

「……ダメか？」

セラムが黒猫を腕に抱えたまま上目遣いで尋ねてくる。

抱えられている黒猫もつぶらな瞳をキラキラとさせて持ち帰ってほしそうなアピールをして

いた。とても庇護欲をそそられる。

「ダメだ」

「ジン殿には人の心がないのか!? こんなにも可愛らしいというのに!」

セラムがいきり立つ中、黒猫は希望がないと悟ったのか、セラムの腕の中からスッと抜け出した。

「……おはぎ?」

「見た目は可愛くてもこいつらの性格はこんなもんだ」

この辺にいる猫共は見た目こそ可愛らしいものの、性格は実に自由気ままで狡猾だ。

見た目通りの猫ではないことは十分にわかっている。

セラムが呆然としている中、黒猫は軒下へと移動して寝転がった。

先ほどまでセラムに甘えていた姿はどこにいったのやら。

「ほら、行くぞ」

「ではな、おはぎ。また来るからな」

それでもセラムはめげずに名前を呼んで手を振っていたが、おはぎは大きく欠伸《あくび》をして寝返りを打つだけだった。

うちには大喰《おおぐ》らいの女騎士がいる。今はそいつを養うだけで精一杯だ。

13話　茂さんのお誘い

「仁《じん》君、ちょっといいかい？」

朝の収穫をするために家を出ようとすると、隣人である茂さんが声をかけてきた。

「おはようございます、茂さん。どうしましたか？」

「今度の土曜日に夏の農業祭があるんだけど出てみないかい？」

「ああ、毎年やってるアレですか」

農業祭とは、市内で生産された農産品のコンクールを通じ、農家などの生産技術の向上と、生産意欲の高揚を図ると共に、消費者の農産品に対する関心を高めるために実施されている催しだ。

市内で夏と秋で年に二回ほど行われており、この辺りに住んでいる人であれば、誰もが知っている恒例の行事である。

「うん、よかったらどうだい？」

「あー、お誘いは嬉しいんですが……」

最初の方は参加していたものの、コンクールにあまり興味がないしな。

それに販売スペースでお客とやり取りをして作物を売るのも苦手で、途中からすっかり参加しなくなってしまった。

茂さんも俺がこういうのを苦手で参加しないのはわかっているはずだが……。

「仁君がこういう催しが苦手なのは知ってるさ。でも、今年はセラムちゃんがいるからどうかなって思ったんだ」

「そうですか……」

確かにこういう催しはセラムなら興味を示しそうだな。

「無理強いはしないから参加したくなったら声をかけて。ギリギリになっても僕が口利きをすれば間に合うから」

「はい。ありがとうございます」

茂さんは農業祭の概要書を俺に渡すと、あっさりと去っていった。

「農業祭かぁ……」

「ジン殿、どうかしたのか？」

家の前で考え込んでいると、ジャージ姿のセラムが玄関から出てきた。

「いや、なんでもない。とりあえず、きゅうりの収穫を済ませるぞ」

農業祭のことを話すか迷ったが、今はそれよりも先にやらなければいけないことがある。

ここで話し込んでは時間がかかりそうだからな。

セラムが参加したいかどうかは後で落ち着いた時に聞けばいい。

「そうだな。急がなければ、またお化けきゅうりが誕生してしまう」

「前回はセラムに任せたところからいくつか出たからな。今回は取りこぼしがないように頼むぞ？」

お化けきゅうりを誕生させてしまうと味が落ちてしまい、売り物としての価値が低下するのはもちろん、栄養を吸収したりと苗にも負荷をかけることにもなってしまう。

良いことは何一つないので、できればお化けきゅうりは誕生させたくない。

「わ、わかっている！　今日は絶対に見逃さない！」

念を押すように言うと、セラムは背筋をしゃんとさせて拳を握りしめた。

前回のミスを反省しているようだし、今日はお化けきゅうりが誕生しないことを祈ろう。

●

「今回はお化けきゅうりがなかったたな！」

「そうだな。やや成長し過ぎたものもあったが、規定の範囲内だ」

収穫用コンテナの中にはたくさんのきゅうりが入っていた。

きゅうりは成長が早いので収穫する見極めが難しいのだが、ここ最近は天候に恵まれたことや、地道な調整作業が上手くいったのかお化けきゅうりや不格好なきゅうりはあまり誕生しなかった。

今朝収穫できたきゅうりのクオリティは高いだろう。

「よし、袋詰めするぞ」

「うむ！」

収穫用コンテナを作業場に運ぶと、俺とセラムはきゅうりを選別しながら袋詰め。

作業を終えると袋詰めを終えたきゅうりを段ボール箱に詰める。

そして、それらをセラムが軽々と持ち上げて、軽トラの荷台へと積み込んでくれる。

相変わらず魔力で身体強化をしたセラムの怪力は凄まじいな。

お陰で詰み込み作業も楽々だ。早いだけでなく、腕や腰への負担が激減して助かる。

「ジン殿、今日は納品に付いていってもいいか？」

保温シートを被《かぶ》せて運転席に乗り込むと、セラムが尋ねてきた。

ここ最近は納品にはついてこず、雑草をむしったり、他の作物の収穫作業をやったり、家事をしていることが多かった。

とはいえ、ちょくちょく付いてきていたので珍しいってほどではない。

どうせ帰りにスーパーに寄りたいとか、駄菓子屋に寄って駄菓子を買い足すのが目的だろうな。

「……ジン殿、何か失礼なことを考えてはいないか？」

「気のせいだ。出発するから乗り込め」

「ああ」

セラムの見透かすような視線から逃れるように前を向いてエンジンをかけると、彼女は慌てて助手席に乗り込んだ。誤魔化し成功だ。

セラムがシートベルトを装着したことを確認すると、俺は車をゆっくりと走らせた。

車を三十分ほど走らせると、いつもお世話になっている直売所にたどり着いた。

担当の従業員に挨拶をして納品書を渡すと、直売エリアにある『三田《みた》農園』と書かれているスペースのカゴに袋詰めしたきゅうりをセラムと一緒に陳列した。

陳列が終わったので引き上げようとするが、なぜかセラムが付いてこない。

「どうした？　何か買いたいものでもあるのか？」

「いや、私たちが並べたものを買っていく客がいないかと思ってな」

キョロキョロと直売所に買いにきている人へ視線を向けるセラム。

「急にどうしたんだ？」

「今までスーパーや直売所で私たちが収穫したものが並んでいるところを見たことはあったが、実際にお客が買っているところを見たことがない。だから、見てみたいのだ」

「なんだ。帰りにお菓子を買いたくて付いてきたんじゃないのか」

「ジン殿は私をなんだと思っているのだ!?　まあ、それも理由の一つであることは否定しないが」

思わず呟くと、セラムが憤慨を露わにする。

やっぱり、お菓子も買い足すのかよ。

毎日、あんなに食べているというのに、どうしてこの女騎士が太らないのか不思議でしょうがない。

まあ、そんな疑問はおいておくとして、俺にとって自分の作物が店に並んでいるのは当たり前だが、農業初心者であるセラムにとってはそうじゃないしな。

「そんなに気になるのか？」

「ああ、気になる」

セラムも農業を手伝ううちに消費者からの反応が気になるようになったのだろう。

俺も初めて店に自分の作物が並んだ時は、今のセラムと同じようなことをしたな。

あの時は自分の野菜が一つ売れただけで大喜びしたっけ。

今となっては何年も前の話だが、あの時の嬉しさは今でも覚えており、農業を続けるための糧になっている。

セラムにもそんな体験をしてもらうのは彼女にとって大きな糧になるのかもしれない。

「なあ、セラム」

「なんだ、ジン殿?」

「今度の土曜日、農業祭っていう催しがあるんだが興味あるか?」

「農業祭……というのは?」

「市内の農家が集まる小さなお祭りだな。そこでは作物の品評会が行われたり、販売スペースでは農家たちが持ち込んだ作物や料理を売ったりすることができるんだが……」

「行きたいぞ、ジン殿! その農業祭とやらに興味がある!」

なんて概要を話してみると、セラムがぐるっと振り返って詰め寄ってきた。

目をキラキラと輝かせ、全身から祭りに行きたいというオーラが出ている。

セラムなら行きたがるかもしれないと思っていたが、想像以上の反応だな。

「わかった。なら、行くか」

「うむ!」

「準備をするから家に帰るぞ」

セラムを引き連れて、俺たちは直売店を出る。

農業祭に参加するために急いで茂さんに声をかけないとな。

運転席に乗り込むと、助手席に座ったセラムが申し訳なさそうに言う。

「ジン殿、その前にスーパーに寄ってもらえないか? お菓子を買い足したい」

やっぱり、お菓子も買うのか。

14話 夏の農業祭

翌週の土曜日。農業祭に参加できることになった俺とセラムは、市内にある農業協同組合所にやってきていた。

「着いたぞ」

「おお？　いつもの農業協同組合とは違うのだな？」

「いつも行っている場所は町内にある支店で、こっちは市内にある中央支店だからな。規模が違うんだ」

「なるほど？　町内と市内とやらの違いはよくわからぬが、こちらの方が都会なのだな！」

それらの違いは今度教えるとして、ざっくりとわかっているなら別にいい。

「あら、ジンちゃんとセラムちゃんだわ」

専用の駐車場に車を停めると、向かい側の軽トラには関谷夫妻がいた。

「おはようなのだ！　ミノリ殿、シゲル殿！」

「おはよう、セラムちゃん」

「セラムちゃんは今日も朝から元気だね」

「うむ、今日も元気だ！」

まるで、自らの孫娘でも見ているような反応だ。

実際、セラムはよく二人の家に遊びに行っているし、孫娘のような感じなのだろうな。

「茂さん、今日は急に参加させてもらってすみません」

「いいんだよ。誘ったのはこっちだしね。それに若い子がいると農業祭も盛り上がるからね」

「ありがとうございます」

本来であれば、もっと前に申請をしていなければ参加できないのだが、茂さんのお陰で滑り込み参加が認められた形だ。

まあ、茂さんがもっと早く誘ってくれれば普通に参加できたのだが、その時だと考え直すこともなく参加を見送っていたかもしれないので機会をくれたことに感謝しよう。

「でも、ジンちゃんは注意してね」

「……何にです？」

「久しぶりに会う農家の人たちにね。手ぐすね引いて待ってるそうよ？」

実里さんの言葉を聞いて、俺の顔がサッと青くなった。

その頃の俺は農業を始めたばかりで色々な農家の方に教えてもらって、とても世話になっていた。

それをぶっちしての久しぶりの参加だ。

おっさんたちに絡まれることを考えると胃が痛くなる思いだ。

「……やっぱり、帰ってもいいですか？」

「何を言っているのだジン殿!?　ここまでやってきて成果もなしに帰るなどあり得ないぞ！今日は私たちの育てた野菜をたくさん売るのだ！」

「そ、そうだな」

過去の俺の事情なんて何も知らないセラムがそんなことを言う。

まあ、実際に覚悟を決めて来たんだ。

気まずいからといって帰ることはできない。

「セラムちゃんは心強いね」

「すっかりお嫁さんとしてジンちゃんを支えているみたいで安心したわ」

「そ、そんなことはないぞ」

茂さんと実里さんがパチパチと手を叩いた。

嫁と言われてセラムが顔を真っ赤にする。

先ほどまでの頼もしい態度はどこにいってしまったのか。

自分から作り出した設定にもかかわらず、未《いま》だに嫁と言われることは慣れないようだ。

まあ、俺も慣れないので気持ちは一緒だがな。

「さて、そろそろ準備を始めようか」

「ですね」

カートに作物の入ったコンテナを詰め込むと、そのまま駐車場から施設へ移動。

入りきらなかったものはセラムが持ってくれるので往復する回数は減りそうだな。

「人が多いな」

いつもは農家や組合の職員などしかいない施設であるが、今日は農業祭があるからか広場には多くの一般市民がやってきていた。

既に広場には『青空市場』という販売スペースがあり、農家たちが朝一で採れた新鮮な野菜や、昨晩のうちに収穫した作物などを並べていた。

「販売スペースにいる者たちは、皆農家なのか……？」

「そうだな。市内にいる農家の方や、農業学生、農業系の部活動を営んでいる生徒なんかも出品しにきている」

ざっと見ただけで百人以上の農家が参加している。

陳列されているのは野菜だけでなく、農家たちが育てた果物、花、穀物などと多種多様だ。

旬のものもあれば、独自の栽培方法で育てた季節外れの作物などもある。

「ジン殿、あんなに大きなタマネギが六つも入っていて百円だ！　安いぞ！」

「ここで売られる作物はスーパーで売っているものよりも新鮮で安いんだ。だから、この日を楽しみにして大勢の人が買い物にくるってわけだ」

「なるほど！　確かにこれだけ安いと買いたくなってしまうものだな」

陳列されている作物の量と値段に驚くセラム。

慣れたように説明をしながら歩いている俺だが、内心では陳列されている作物のクオリティの高さに舌を巻いていた。

「……レベルが高いな」

「皆、良いものを作ろうと日々努力しているからね」

農家たちは独自に試行錯誤を重ねて、改良を重ねてきたのだろう。

呟くと、隣を歩いていた茂さんが口を開いた。

あれらと一緒に自身の作物を販売することにプレッシャーを感じるな。

「大丈夫だ、ジン殿！　私たちの作った野菜も負けていない！」

「そうだな」

改良を重ねてきたのは俺も一緒だ。

青空市場には参加していなかったものの、日々農作物と向き合ってきたし、農業組合の職員や地元の農家の人たちとは情報交換などを重ねて試行錯誤している。

俺たちの育てている野菜だって、ここにあるものに負けないはずだ。

セラムの言葉に勇気と自信を貰うと、俺たちは運営職員の方に挨拶し、割り当てられている販売スペースを教えてもらう。

「残念ながら売り場は離れているみたいだ」

「後で顔を出しにいくわね」

「またなのだ！」

関谷夫妻とは場所が違うようなので別れると、俺とセラムは自分たちに割り当てられているスペースへと移動。

そこには青色のテントが設置されており、長テーブルとパイプ椅子が二つほど並んでいる。長テーブルの上には俺たちのスペースであることを示す、『三田農園』という紙プレートが置かれていた。

テントがなければ、有名な漫画の祭典の売り場みたいだ。

テントの下に入ると、ひとまず手荷物を下ろす。

そして、右隣に接している農家の人に挨拶だ。

「ちょっと隣の人に挨拶してくるから、セラムは野菜を並べておいてくれ」

「わかった！」

セラムがテーブルに梱包した野菜を並べだすのを確認して、俺は隣にいるスペースの人に声をかける。

「おはようございます、三田農園の三田仁です。今日はよろしくお願いします」

「丁寧にどうも。藤森《ふじもり》農園の藤森美咲《みさき》です。よろしくお願いしますね」

にこやかな笑みを浮かべて挨拶をすると、隣にいるのは農園を営んでいるおっとりとした雰囲気の女性だった。

よかった。知り合いじゃないし、物腰も柔らかそうなのでトラブルになることはなさそうだ。

よし、後は左に隣接している人に挨拶をすればいい。

そう思って反対側に移動すると、そこには黒髪を後ろでくくっているガタイのいい強面《こわもて》の男が待ち構えていた。

「おおっと、これは五年前に散々世話してやったにもかかわらずロクに連絡も寄越《よこ》さない三田君じゃないか」

「く、草壁《くさかべ》さん」

彼は草壁さんといって、俺と同じく多種多様な野菜を育てている先輩の農家だ。

駆け出しの頃には草壁さんの農園でバイトとして働かせてもらいながら、作物の育て方を教えてもらった。いわば、師匠の一人のようなものである。

一番世話になっていただけあって、会いたくなかった人の一人だ。

だけど、ここで逃げ出すわけにもいかない。

「とてもお世話になっていたのになんの連絡もしていなくてすみませんでした」

俺は素直に頭を下げて謝ることにした。

言い訳なんていらない。

お世話になっていたのに、ロクに連絡もしないという不義理を行っていたのは俺なのだから。

「……はぁ、素直に謝ったから許してやろう」

「草壁さん……ッ！」

「コレでな？」

感激して頭を上げると、草壁さんがにっこりとした笑みを浮かべてデコピンの構えを取っていた。

次の瞬間、俺の額でゴッという音が鳴って、鈍い痛みが広がった。

「――ッ!?」

「ハハハ、感謝しろ。ヘタな言い訳をすれば、コイツを落としてやるところだったぞ」

陽気に笑いながら拳を見せる草壁さん。

岩のようにゴツゴツとしたそれを見れば、痛さの比はこれどころじゃなかっただろうな。

「元々、お前は人付き合いの苦手な不器用な奴だったからな。元気にしていたかジン？」

「はい。草壁さんのお陰でこうして今も農家としてやっていけています」

傷みから回復すると、草壁さんは五年前と同じように気さくに名前を呼んでくれた。

それが嬉しく、懐かしかった。

「今日、出品するのは主に夏野菜か」

「やっぱり今はこれが旬ですから」

という理由もあるが急に参加を決めたので、それら以外の作物を用意する余裕がなかったのだ。

だからといって手抜きというわけではない。ここに並んでいる野菜たちはスーパーの担当者や直売所の人からも好評の自信作だ。

「ちょっと見てもいいか？」

「どうぞ」

草壁さんがスペースを移動してこちらにやってくる。

セラムにも声をかけようとしたが不在だった。

テーブルにはトマト、きゅうり、ナスといった野菜が並んでおり、カートがなくなっていたので追加分を駐車場まで取りに行ったのだろう。

草壁さんが一つのトマトを手に取って、角度を変えてじっくりと観察する。

自信があるとはいえ、かつての師匠のような人に見られると緊張するものだ。

固唾《かたず》を呑《の》んで見守っていると、草壁さんはフッと表情を緩めた。

「いいツヤとハリをしたトマトだ。ヘタもピンとして綺麗な緑色をしている。良いものを作るようになったな、ジン」

「ありがとうございます」

品質には自信があったが、やはり草壁さんに褒められると嬉しいものだ。

「うん、味も美味い！」

「あっ、一つ八十円です」

「おい!?　かつての恩師からお金を取るのか？」

「ここは青空市場ですから」

俺が正論を言うと、草壁さんは大人しく八十円を渡してくれた。

それに見ていいとは言いましたけど、食べていいとは言ってない。

「まったく、お前のその年上相手にも引かない姿勢は五年前から変わらんな」

「図太い大人に囲まれて生活しているものですから」

田舎には若者が少なく年寄りの方が多い。

弱気になっていたら狡猾な大人からいいように扱われてしまうので、敬意を表しつつも毅然《きぜん》とした態度でいるのが重要だと思う。

「確かにな。俺も地元じゃ若造扱いだからな。先輩たちには頭が上がらないものだ」

草壁さんの年齢は四十五歳と一般的にはそこまで若い年齢ではないが、田舎では立派な若者だ。互いに苦労は尽きないものだ。

「ジン殿、追加の野菜を持ってきたぞ」

草壁さんと若さ故の苦労話をしていると、セラムがカートに野菜を積んでやってきた。

「おお、ありがとう。テーブルの上に載らない分は箱のまま下に置いておいてくれ」

「わかった」

箱から梱包した野菜を取り出してテーブルの上に並べていくセラム。

そんな彼女の姿を草壁さんは啞然とした顔で見ていた。

「……ちょっと待て、ジン。そこにいる綺麗な金髪の女の子はなんだ？」

その容姿もあってか俺の地元でセラムのことを知らない者はいないが、草壁さんの地元までは噂は広がっていないようだ。

従業員と言ってもいいが、ここには関谷夫妻をはじめとする地元の農家の方もいる。ヘタに嘘をついて後で問い詰められる方が面倒になりそうだ。

「え、えっと嫁です」

「嫁⁉　お前、結婚したのか⁉」

「あっ、はい。最近、同居を始めたばかりですが……」

「な、なんだって⁉　女に興味のなさそうなジンがこんなに綺麗な子を⁉」

草壁さんの反応が新鮮だ。

地元じゃ報告する前に噂が広がったせいか、驚かれたのも海斗と夏帆くらいだったしな。

「ジン殿のお知り合いの方か？」

草壁さんの驚きの声を聞いて、セラムがこちらにやってきた。

「昔、お世話になった農家の先輩の草壁さんだ」

「どうも。草壁建《タツル》です」

「おお、ジン殿の先輩か！　ならば、きちんと挨拶をせねばな！　私はセラフィムという。名前が少し長いのでセラムと呼んでくれ、タツル殿」

「ああ、よろしくセラムさん」

セラムが手を差し出すと、草壁さんは慌てて手を拭ってから握手をした。

自分よりも年齢が半分以下の女性を相手にドギマギしている草壁さんなんて見たくなかったかもしれない。

でも、セラムの美しさを見れば、そうなってしまうのも無理はないだろうな。

一緒に暮らしていて見慣れている俺でも、たまにドキッとするわけだし。

「これ、うちで育てている野菜だ。よかったら貰ってくれ」

「おお、こんなにたくさんいいのか？」

「もちろんだ」

「……久しぶりに会った後輩にはくれないんですか？」

「お前は買え」

俺が尋ねると、草壁さんはムッとしてきっぱりと言った。

先輩の後輩への対応が酷《ひど》い。さっきのトマトの代金を請求したのがいけなかったのだろうか。

「じゃあな、ジン。今日はお互いに頑張ろう」

「はい」

もちろん、それぞれの野菜が売れるに越したことはないが、互いにとって良い一日になるといいものだ。

15話 女騎士と出店

それぞれの野菜の価格を紙に書いて貼り付け、ビニール袋やお釣りなんかの細々としたものを用意すると販売準備は完了だ。

準備ができて一息ついていると、急にセラムがソワソワとしだす。

「私たちの野菜を買ってくれる人がいるだろうか？」

「始まる前までたくさん売るとか言ってたじゃないか？」

「そうなのだが、実際にこうして品物を並べると不安になってだな……」

市場にやってくるなり緊張するとはおかしな奴だ。

作物を売り出す農家の空気、いいものを買い求める客の空気に当てられたのだろう。

「セラムはこうやって物を売るのは初めてか？」

「物々交換などはしたことがあるが、こうやって物を売るのは初めてになる」

どこの民族だと突っ込みたくなるがセラムの世界や、彼女の家庭事情を考えれば無理もない。

「なら、軽く接客の流れを教えておくか」

「頼む」

硬い表情をしているセラムに俺は接客の流れを教える。

とはいっても、ここは青空市場であり、レストランとは違う。

堅苦しい言葉遣いや快適なサービスなんてものは誰も求めていない。

スムーズな買い物と相手を不快にさせないことだけを意識させればいい。

お客がやってきてどのように買い物をするかの流れを説明し終わると、ちょうど俺たちの販売スペースの前に若い男性がやってきた。

セラムの背中が緊張でピンと伸びるのがわかった。

お前は軍人か……いや、正規の王国騎士だから一応は軍人になるのか。

そんな風に後ろで立たれると気になってしょうがないのだが、初回なので許してやることにしよう。

こういった売り場の雰囲気に慣れていなさそうだな。

手慣れたお客ならこちらが声をかけずとも卓越した目利きで品物を選んでいくが、この男性には軽く声をかけた方が会話も弾んで買ってくれるかもしれない。

そう思って柔らかな笑みを浮かべて声をかけてみる。

「いらっしゃいませ。今朝採れたばかりのものなので新鮮ですよ」

「ええ！　今朝なんですか!?」

「早朝に採ったばかりのものです。農業祭なのでお安くなっていますよ」

「農業祭には初めて来たんですが、野菜の安さにビックリしました。スーパーや直売所で売っているものよりも安いですね」

「でしょう？　個人的にはこのトマトがオススメですね。そのまま食べるのはもちろんのこと煮物に入れてもいいですし、味噌汁《みそしる》なんかに入れてもいいですよ」

「味噌汁にトマトですか？」

「お兄さんの家では作りませんか？　味噌の塩っ気とトマトの甘みと酸味が意外と合うんですよ」

「へー、やってみようかな。じゃあ、このトマトをください」

「ありがとうございます。お代は三百円です。袋はお付けしますか？」

「お願いします」

梱包されている六個入りのトマトを袋に詰めて手渡し、代わりに三百円を貰う。

草壁さんの時と値段計算が違うのは、彼が割高な単品で買うことになったからだ。

五個から六個入りのセットで買えば三百円となる。

ただし、これは農業祭の価格であって、普段スーパーや直売所での価格とは違う。

「他にもいい野菜が色々あるので農業祭を楽しんでください」

「ありがとうございます！」

男性が嬉しそうに笑って人混みの中に消えていくと、俺は張り付けていた笑みをスッと消した。

「まあ、こんな感じだな」

「す、すごい！　ジン殿があんなに爽やかな笑みを浮かべて接客をするなんて……ッ！」

「そっちかよ。というか、失礼だな」

目の前で自分たちの野菜が売れたことに感動したんじゃなかったのか。

「すまない。だが、ジン殿は前に接客は苦手だと言っていなかったか？」

「別にできないことはないが、あれを毎回やると疲れるんだ。積極的にやりたくはないからお前に任せる」

「わ、わかった。接客は任せてくれ」

今ので大体の流れは把握したようなので、次にやってきたお客はセラムに任せてみることにした。

「いらっしゃいませなのだ！」

セラムのいきなりの大声に目の前にいたお客は肩をビクリと震わせ、周囲にいた人たちも何事だとばかりに振り返る。

「バカ。居酒屋じゃないんだ。もうちょっと声を抑えろ」

「そうなのか？　こういうのは声が大きい方がいいのかと思って……すまない、ご婦人」

「うふふ、いいのよ。元気がいいのはいいことだから」

セラムが頭を下げると、年配の女性の客は柔和な笑みを浮かべる。

優しいお客さんでよかった。

「いい夏野菜が並んでいるわね」

「うむ！　私としてはこの中で特に長ナスがオススメだ！　ジン殿が醤油《しょうゆ》とニンニクチューブをかけて焼いてくれるととても美味く、ご飯が何杯でもイケる！」

「おい、そんな手抜き料理じゃなくて、もうちょっとなんかいい感じの料理を紹介してくれよ」

ニンニクチューブまで使っていると言われると、ちょっと恥ずかしい。

「あれは手抜き料理だったのか!?　私の大好物なのだが……」

「手抜き料理で美味しく食べられるなんて素敵じゃない。なんだか二人の話を聞いていると食べたくなったわ。この長ナスを二袋いただける？」

「おお、ありがとうございますなのだ！」

なんかよくわからないが、俺たちのこんなグダグダの会話でも食べたくなってくれたらしい。

セラムが嬉しそうに梱包された長ナスを二つ摑んで直接渡そうとするので、俺が袋をトントンと指で叩いてやる。

「あっ、ご婦人。袋はいるだろうか？」

「大丈夫よ。マイバッグを持っているから」

「そうか。長ナス二袋で五百円だ」

セラムが商品を渡し、お客から五百円を受け取る。

「ありがとう。家に帰ったら長ナスのニンニク醤油焼きを作ってみるわ」

「うむ！　是非食べてみてくれ！」

女性客の背中が見えなくなると、セラムがすぐに振り返る。

「ジン殿！　私の接客で野菜が売れたぞ！」

「ああ、見てたぞ」

言葉遣いや会話に問題がないかと言われれば微妙だが、セラムの態度を見れば作物を愛していることは伝わってくる。今のお客さんも彼女のそんな魅力に惹《ひ》かれたのだろうな。

「目の前で私たちの野菜が売れるというのは嬉しいものだな！」

「そうだな」

静かに頷くと、セラムがジーンッとした様子でテーブルの野菜を眺める。

俺があの時に味わった感動をセラムも味わっているのかもしれない。

「ねえ、おにぃ。あれってジンさんとセラムさんじゃない？」

「お？　ホントだ！」

売れた分の補充をしていると、聞き覚えのある声がかけられた。

げっ、夏帆に海斗だ。

「……お前たち、何しに来たんだ？」

「何しにって新鮮な野菜を買いにきたんだよ。お前こそ、こういうのは出ない主義じゃなかったのか？」

「しばらく出てなかったのに急に出てくるなんてね？」

セラムの方にチラリと視線を向けながらニヤニヤと笑う海斗と夏帆。

俺が急に参加をすることを決めた理由が、二人には察しがついているらしい。

いやらしい兄妹め。

「うるさいな。客じゃないならどっか行け」

「ちゃんと客だからそんな邪険にすんなって！」

「ほらほら、農家のお兄さん。私たちにどれがオススメか教えて？」

「セラム、接客をしてやれ」

「任せてくれ！」

真面目に接客すれば、二人に弄《いじ》り倒《たお》されることはわかっているので、ここぞとばかりにセラムを投入。

元々、セラムには接客を任せる予定だったんだ。俺は商品の袋詰めや金銭の受け取りなどの単純作業に従事していればいい。

素直で真面目なセラムを弄る気にはならないのか、二人はセラムの拙いながら誠意のある営業トークに相槌を打ちながら、長ナス、きゅうり、トマトといった商品を四人分買っていってくれた。

どうやら冷やかしだけでなく、ちゃんと買う意思はあったようだ。

スーパーなどよりも安いとはいえ、ちゃんと買ってくれるのはありがたいな。

「あの、三田仁さんですよね？」

ごっそりと減った野菜を補充していると、そんな声がかかった。

顔を上げると見知らぬ子連れの夫婦がスペースの前にいた。

「あ、はい。そうですが、どこかでお会いしたことがありましたか？」

セラムに比べれば交流の少ない俺ではあるが、さすがに地元の人間くらいはわかる。

しかし、この三人は地元では見たことがなかった。

「いえ、会ったことはないんですが、いつもスーパーで並んでいる野菜を買わせてもらっていまして」

「お世話になっている方なので是非ともお会いしたいなと思いまして」

「…………」

「ジン殿？」

衝撃で固まってしまったがセラムが声をかけてくれたことで動くことができた。

「すみません。こんなことは初めてだったもので驚いてしまいました」

「ああ、そうでしたか」

硬直していた理由を語ると、夫婦はホッとしたように笑みを浮かべた。

相手も勇気をもって話しかけたというのに、無言になられたら焦るよな。

接客はセラムに任せていたが、わざわざ俺に会いにきてくれたのなら対応しないわけにはいかない。

「いつもうちの農園の野菜を買ってくださりありがとうございます。それだけでなく、こうして声までかけていただけるなんて恐縮です」

「こちらこそいつも美味しい野菜を作ってくださり、ありがとうございます。三田さんの作ってくださる野菜がとても大好きなもので」

「娘はトマトが苦手だったのですが、三田さんの作ってくれたものは食べてくれるんですよね？」

「……うん」

どうやらこの夫婦だけでなく、小さなお子さんも食べてくれているようだ。

「俺のトマトを食べてくれてありがとう」

しゃがんで礼を言うと、手を繋《つな》がれていた少女は父親の背に隠れてしまった。

「すみません。照れくさかったようで」

「いえいえ。可愛らしい娘さんですね」

なんだかこちらまで照れくさくなってしまうな。

微笑ましい光景を見せてもらったものだ。

「あの、こちらを買わせてもらってもいいですか？」

「はい、もちろんです」

母親がトマト、長ナス、きゅうりを一袋ずつ買ってくれたのでレジ袋に詰め込んで渡した。

「はい。おまけ」

「ありがと……」

「どういたしまして」

買ってくれたものとは別にサービスを少女に渡すと、彼女は渡したトマトのように頬を染めて礼を言ってくれた。

すると、夫婦が口々に礼を言って去っていく。

三人の背中が見えなくなると俺はポツリと呟いた。

「まさか、農家でもない人が生産者の名前を覚えてくれて、わざわざ会いにきてくれるとはな……」

知り合い以外の一般客がこんな風に訪れてくれたことは初めてだ。

「それだけジン殿の作る野菜が美味しいということだな」

セラムが胸を張って嬉しそうに言う。

はじめはセラムの農業意欲の向上のためと考えていたが、まさか俺の農業意欲まで向上させられるとはな。
買ってくれる人の期待に応えられるように、これからも精進しないといけない。
セラムのためとはいえ、農業祭に久しぶりに参加して良かった。

16話 夏休みの宿題

「いやー、この季節になるとかき氷が美味しいわー！」

「……イチゴ味が至高」

「風鈴の音もいいですよね。聞いていると涼しくなってきます」

仕事を終えて、畑から戻ってくるとめぐる、アリス、ことりが家の縁側に腰掛けていた。

傍らにはかき氷まであり、自分たちで引っ張り出して作ったことは明白だ。

「セラムさん、ついでにジンもお帰りー」

「メグル殿、ただいま」

「家主なのに俺はついでなのか」

セラムと俺が戻ってくるのに気づくと、子供たちがおざなりに出迎えの言葉をかけてくる。

「というか、なに平然と人の家に上がり込んでるんだよ」

ここ最近、めぐるたちは毎日のように遊びに来ていた。今までこんなことはなかったのにセラムが来てからだ。彼女が優しさを見せて、気前よく相手をするせいだろう。

「ええー？　別にいいじゃん」

「よくないわ。毎日のように来やがって自分たちの家で遊べよ」

「だって、あたしたちの家で遊んでたら両親が勉強しろーとか、仕事手伝えーとかうるさいんだもん」

めぐるの言い訳にことりやアリスも控えめながらも頷いた。

要は家で自堕落に過ごしていると親がうるさく、俺の家に避難しにきているらしい。

「だったら俺もうるさくしよう。遊んでないで夏休みの宿題をしろ。宿題をしないならうちの畑仕事を手伝え」

「のわあぁー！　ジンやめて！　そんな言葉をかけてくるのは母ちゃんだけで十分だよ！」

親が言いそうな台詞《せりふ》を並べると、めぐるが発作を起こしたかのように縁側でのたうち回った。

相当嫌らしい。

「めぐるのことだから夏休みの宿題はまったくしてないんだろう？」

「だって夏休みだよ!?　夏に休むと書いて夏休み。だったら、いつもやっている勉学を休んで遊ぶのは当然じゃん！」

「知るか。そんな文句は学校の先生に言え」

俺に夏休みの文句を言われてもどうしようもない。

誰もがそんな不満を持ちながらも通る道だ。耐えるしかない。

「まったくめぐるってやつは。少しはことりを見習え」

「ええ？」

真面目な彼女を引き合いに出そうとすると、なぜか戸惑ったような声を上げられた。

おかしい。

「うん？　お前みたいな真面目なタイプはコツコツと進めてるか、既に終えている感じだろ？」

念のために尋ねてみると、ことりは激しく視線を彷徨《さまよ》わせ、か細い声で告げる。

「え、えっと……まったくやってないです」

「バカな！　ことりは八月上旬に終わらせているタイプだろ？　お前までそんなんでどうする!?」

「ご、ごめんなさい！」

言葉遣いが丁寧で落ち着いているから宿題くらいそつなくこなしていると思ったが違った。

こいつもめぐると同類だった。

この子が一番大人のようなメンタルをしていると思っていたのに裏切られた気分だ。

「甘いね。ジン、実はことりはあたしと同じなんだよ。やりたくないものはギリギリまで目を背けて放置する」

「やろうとは思っているんですけど、どうしても手がつかなくて！」

めぐるがことりの肩に手を回し、抱き寄せられた彼女は恥ずかしそうに顔を覆いながら懺悔《ざんげ》した。

典型的なダメなやつらだな。と思っていると、ちょんちょんと袖を引っ張られた。

視線を向けると、アリスがこちらを見上げて何か言いたそうにしている。

これは多分、自分にも聞けということだろうか？

「そういえば、アリスの宿題はどうなんだ？」

「……終わった」

「ええ！　アリスちゃん終わってるんですか!?」

「あたしたちを置いていくなんて裏切り者ー！」

アリスの一言にことりとめぐるが悲壮な声を上げた。

どうやらアリスも仲間だと思っていたが、彼女だけは違ったようだ。

まさか一番年下で変わった性格をしているこの子が、真っ先に終わらせているとは予想外だな。

「アリスは偉いな」

「……特別に頭を撫でてもいい」

これは撫でろということだろうか？　アリスが催促のような視線を向けてくるので、おそるおそる頭を撫でてやる。

すると、アリスは満足そうな顔になって鼻息をついた。

なんだか動物みたいだ。

「メグル殿やコトリ殿にはどのような宿題が出ているのだ？」

「えっと、各教科のドリルに読書感想文、習字、標語とかかな？」

めぐるが思い出すように宿題を羅列し、セラムが相槌を打ちながら聞く。

この世界の学校に通う子供たちの宿題内容が気になるようだ。

「あとは理科の自由研究で天体観測がありますよ」

「天体観測というのは？」

首を傾げるセラムに俺が軽く説明する。

「夜空を見上げて、天体の運行、変化なんかを観測することだな」

「星を見るのか！　とはいえ、肉眼では限界があるのではないか？」

「肉眼でもある程度は見えるが、細かく見たい時は双眼鏡や望遠鏡なんかを使うと鮮明に見えるな」

「星が鮮明に見えるのか！　それはすごいな！　見てみたいぞ！」

星に興味があるのだろうか。意外にもセラムが食いついてきた。

「でしたら、今夜天体観測をしませんか？」

「おお！　いいのか!?」

「はい、皆さんと一緒なら私とめぐるちゃんも宿題ができますから……そうだよね？」

「まあ、いずれはやらなくちゃいけないし、皆と一緒にできるならやってもいいかな」

ことりの提案にめぐるも渋々ながらも頷いた。

面倒くさいことも皆で楽しくできるなら立ち向かえる気持ちはわからなくもない。

「……私も行く」

三人だけでなく、アリスも行くことになり会話が賑《にぎ》やかになる。

どうやら完全に天体観測に行くつもりらしい。

「天体観測ってどこでやるんだ？」

「え、えーっと、どこか見晴らしのいい山にでも登って……」

「夜に女子供だけで山に行くなんて親御さんが許してくれるのか？」

「ジン殿、私は子供ではないぞ？」

セラムが大人か子供かということは置いておいて、めぐるたちの親がどう思うかが重要だ。

セラムがその辺の男よりも強いことを俺はわかっているが、親御さんたちにはそんなことはわからないしな。

足元の悪い夜道の中、誰の監督もないまま行かせるのは不安に思うはずだ。

「確かに私たちだけだと許してくれないかもしれませんね……」

どこかしょんぼりとした様子で呟くことり。

「うちもそういうところ厳しいからなー。頼りになる大人の男性が付いてきてくれないかなー？」

「ああっ！　そうですね！　ジンさんがいれば、お母さんたちも許してくれるかも！」

「……ジン、来て」

めぐるのあからさまな言葉に反応し、ことりやアリスが期待するような眼差しを向けてくる。

「ジン殿、私からもどうか頼む！」

そして、隣にいるセラムも両手を合わせて頼み込んできた。

天体観測の案が上がってからこうなるんじゃないかと思っていた。

「はあ、しょうがないな。とはいえ、俺だけでは面倒も見切れないから、海斗にも声をかける」

「「やったー！」」

ため息をつきながら了承すると、めぐるたちは嬉しそうな声を上げた。

早めに宿題をやれと言っておきながら、ここで協力しないというのもカッコ悪いからな。

俺はスマホを取り出すと、海斗へと電話をかける。

「もしもし、ジンどした？」

「あー……今夜、子供たちを連れて天体観測に行くんだが、お前も付いてきてくれないか？」

「天体観測って夏休みの宿題だな？　いいぜ、俺の車で乗せていってやるよ」

さすがは面倒見がいいだけあって、突然の誘いにもかかわらず海斗は了承してくれた。

軽トラでは子供たちを乗せることができないので非常に嬉しい返事だ。

「助かる。お前の家に望遠鏡とかあったよな？」

「あるぜ。それも持って行ってやるよ」

もろもろの集合時間や大まかな予定を伝えると通話を切った。

「というわけで、海斗も来てくれることになった。帰りは車で自宅まで送ってやるから、そのことも含めて両親に許可をもらってこい」

「わかった！」

「わかりました！」

結果を伝えると、子供たちが実にいい返事をして走り去る。

そんな元気な後ろ姿を俺とセラムは穏やかな笑みを浮かべながら見送った。

17話 天体観測

「おーっす！　迎えに来たぜ！」

十八時を過ぎたころ。海斗が車に乗って、家の前まで迎えに来てくれた。

親御さんの許可をもらえて集合していた子供たちが、後部座席へと乗り込んでいく。

「すまんな。急に頼んで」

「気にすんな。大人になっても天体観測するってのもいいじゃねえか」

突然呼び出して準備させたにもかかわらず、海斗はまるで気にした様子はなかった。

むしろ、自分も楽しむ気が満々の様子。こいつの周りに人が集まるのも納得というものだ。

海斗の優しさに感謝しながら俺は助手席に乗り込んだ。

「よし、それじゃあ出発するぞ！」

「カイト殿、よろしく頼む！」

「よろしくお願いします！」

全員が乗り込むと、海斗の車が発進した。

窓の外は徐々に薄闇に包まれていた。

真夏でもこれぐらいの時間ならば、涼しくてクーラーも不要だな。

窓から吹き込んでくる風が気持ちいい。

「どこでやるんだ？」

「昔、俺たちも使った山でいいだろ？　あそこの高台なら見晴らしもいいしな」

「そうだな」

俺たちも昔使った場所に目的地を定めると、真っすぐにそちらへと車を走らせる。

そうやって二十分ほど経過すると、山の麓にやってきた。

駐車場で車を停めると、そこから階段を上っていく。

駐車場には僅かに街灯がついているが、階段には設置されていない。

青々と生い茂った木々が生えていることもあって、階段はとても暗い。

そのため俺は用意していた懐中電灯をセラムに渡す。

「ほい、セラム。懐中電灯な」

「これは？」

「スイッチを押すと光が出るんだ」

使い方を説明すると、セラムがヘッドを覗き込みながらスイッチを押した。

「うわあああああ！　目、目があああああっ！」

「バカ。ライトを自分に向けるやつがいるか」

あまりにも間抜けな状態に呆れるしかなかった。

「うう、ジン殿……視界がちかちかする」

「直《じき》に収まる。足元は俺が照らしてやるからお前はゆっくり進め」

よろよろと前を歩くセラムの背中を押してやりながら階段へと進んでいく。

「お前たちも懐中電灯を使えよ」

「はーい」

声をかけると、子供たちは持ってきた懐中電灯で足元を照らし出す。

懐中電灯を使うのが面白いのか、足元で光が乱舞する。

が、急に光の乱舞がなくなり、めぐるたちがクスクスと笑い始めた。

訝しんで振り返ると、めぐるたちが俺のお尻に光を照射しているのがわかった。

「この野郎」

「お化けだ！　照らせ照らせ！」

「わっ、バカ！　揃って光を顔に向けるな！」

デコピンの一つでも食らわせてやろうと思ったが、めぐる、ことり、アリスは揃って俺の顔に光を向けてくれた。

一つでも眩《まぶ》しいというのに、三つも光が集束していれば目を開けることもままならない。

……こいつら無駄に連携力の高さを見せてきやがる。

俺は泣く泣くデコピンを断念して、めぐるたちにお尻を照らされ続けながら進んだ。

階段が終わり、開けた場所に出てくる。

この辺りに視界を遮る大きな木々は生えておらず、柔らかな草が生えているのみ。

奥には高台があり、一休みできるようなテーブルや長椅子なんかが設置されていた。

「まだ少し明るいですが、もう星が見えますね！」

ことりが空を見上げながら言う。

日は沈んだばかりで、薄暗くなった空には星が見えていた。

「暗くなったらもっと見えるはずだ。それまでは少し待機だな」

時刻は十八時半を過ぎた頃。もう少しすれば、辺りが真っ暗になるだろう。

事前にスマホで天気も調べてある。待っていれば、くっきりと星が見えるはずだ。

「暗くなるまで何する？」

「……かくれんぼでもする？」

「じゃーん、こんな時のためにお菓子を持ってきてやったぜ！」

めぐるやアリスが不穏なことを言い始めたタイミングで、海斗がテーブルの上にお菓子を広げた。

「おおー！　さっすが海斗！」

「いいんですか!?」

「ああ、好きなものを選んで買ってくれ」

「なんだよ！　結局、金取るのかよ！」

「ハハハハハ！　冗談だ。今日は好きなの食べていいぞ！」

冗談だとわかると、子供たちは目を輝かせてお菓子を手に取る。

そこには当たり前のようにセラムも交ざって、我先にと好みのお菓子を選んでいた。

やっぱり、こいつは食い意地が張っていると思う。

にしても、こんな時のためにお菓子まで用意しているとは、子供心を摑むのが上手いな。

「そろそろ暗くなってきたぞ」

そんな風にお菓子を食べて時間を潰していると、あっという間に日が暮れて空が闇に包まれた。

お菓子を食べていた子供たちとセラムは一斉に空を見上げる。

「わー！　すごいです！　おうちの傍よりもたくさん見えます！」

「……綺麗」

「ここだと光が一切ないからな」

光源があると空が明るくなってしまい、その分星を視認するのが難しくなる。

しかし、この辺りのような一切の光源がない場所では、夜空に浮かぶ星々が肉眼でもくっきりと見えていた。

やっぱり、都会の空と田舎の空の違いは一目瞭然だ。都会で働いていた時は、こんなに綺麗な夜空は見たことがなかったからな。

「見てるだけじゃなく、ちゃんと宿題もやれよ？」

「そうですね。星座を探さないと！　えーっと、あそこにあるのがはくちょう座かな」

「どれがどれだかわかんないんだけど……」

ボーッと見惚《みと》れているので声をかけると、ことり、めぐる、アリスが天体地図を広げて星座を確認しだした。

星座に関してはすっかり知識が抜けてしまっているので、俺が力になれることは何もない。

授業で習っている子供たちの方がよっぽどわかっているだろうな。

「よっし、組み立て完了だ！」

振り返ると、傍では海斗が望遠鏡を設置していた。

屈折式の大きな望遠鏡だ。

「にしても、こんなものよく持ってるな」

「親父《おやじ》の趣味の一つでな」

ちょっとした望遠鏡ならともかく、海斗の持ってきたものは明らかにガチだとわかるくらいに立派な作りをしている。多分、これ一つで数十万くらいはするだろうな。

豪胆な海斗の親父さんらしい買い物だ。

「これを使えば、もっと星が綺麗に見えるのか？」

「そうだぜ。今、ちょうど月に焦点を合わせているからくっきりと見えるぜ」

「おお、見せてくれ！」

海斗が調節した望遠鏡のファインダーをセラムがおずおずと覗き込んだ。

「す、すごい！　月の表面がくっきりと見えている！」

ファインダーを覗き込みながら歓声を上げるセラム。

「ジン殿も覗いてみるといい！」

すっかり興奮したセラムに手招きされて、交代して望遠鏡のファインダーを覗き込む。

すると、視界が月でいっぱいになる。

こうして望遠鏡で見てみると白一色なのではなく、灰色だったり明暗があるのがわかる。なんとも神秘的な光景だ。

映像や写真で月の拡大写真を見たことがあるが、実際に望遠鏡で覗いてみると受ける印象はかなり異なるな。

「綺麗だ」

「ああ！　いつも目にする月とやらが、ここまで綺麗とは思わなかった！」

交代してまた月を覗き、興奮したような声を上げる。

「セラムの世界にもこういう月や星はあったのか？」

「月と似たようなものが見えていたぞ。ただ複数ある上に赤やピンクをしていて、名称もよくわからなかったが」

「それは……随分と色彩が豊かなんだな」

赤やピンク色をした月というものが想像できない。夜になったらどんな景色になるのやら。

セラムの話を聞くと、改めて彼女の住んでいた世界はファンタジックなのだと思う。

でも、星が見えるということは、セラムの世界も銀河の果てにはあるのかもしれないな。

もし、そうだとしても今の人類の宇宙工学では発見することができていないので、帰るのは難しいかもしれないが。

「こっちの世界の夜空も綺麗だな」

夜空を見上げながらセラムがポツリと呟く。

その横顔には哀愁のようなものが漂っていた。

この夜空を通して、故郷に思いを馳《は》せているのだろう。

やはり、元の世界に帰りたいのだろうか？

セラムがいなくなることを考えると、不意に寂しいと思う自分がいることに気づいた。

そのことに自分自身が驚く。

面倒な人間関係を煩わしく思い、好んで一人で過ごしていたのにな。

どうやら思っている以上に、セラムの存在は俺の生活に溶け込んでいたようだ。

いなくなることを考えると、寂しいと思うくらいに。

成り行きで同居しているとはいえ、セラムとはただの従業員と雇い主の関係だ。それ以上でも以下でもない。

俺は妙にざわつく心に蓋をし、余計なことを考えないように夜空を眺め続けた。

18話 人魂事件

天体観測を終えると、高台から撤収して帰ることにする。

「よーし、そろそろ帰るぞ」

「えー！　もっとここにいたい！」

「もう少しだけダメですか？」

「……もっと遊ぼう？」

撤収の声を上げると、めぐるだけでなく、ことりやアリスまで不満げな声を上げた。

「なに言ってんだ。天体観測ならもう終わっただろ？」

「夜に皆と遊ぶなんて滅多にできないんだもん！　もっと遊びたい！」

「気持ちはわかるが却下だ。こっちは親御さんから子供を預かってる身なんだ」

滅多にできない夜間外出が新鮮で楽しい気持ちはわかるが、人の子を預かっているこちらとしては、あまり遅くまで連れ遊ぶわけにはいかない。もし怪我でもすれば申し訳が立たないからな。必要な用事を終えたらすぐに帰るに限る。

「そうだな。もう二十一時を過ぎてるし、この辺りで引き上げだ」

「ぶーぶー！」

海斗が助け舟を出してくれるが、それでもめぐるたちは不満そうだ。

しかし、次の一言でめぐるたちの態度は豹変《ひょうへん》した。

「ここで母ちゃんたちの機嫌を損ねたら、今度の夏祭りの許可がもらえなくなるぞー？」

「うわわっ！　それはヤバい！　今日のところは帰ろう！」

「そうですね！　夏祭りに行けなくなるのは困りますから！」

「……今日のところはこの辺で勘弁する」

あれだけ駄々をこねていたにもかかわらず、めぐるたちは我先にと帰りの準備を始めた。

夏の最大イベントともいわれる、夏祭りに行けなくなるのは大層困るようだ。

「さすがは海斗。子供をたぶらかすのが上手いな」

「その言い方は、俺の印象が著しく悪くなるからやめろ」

「言い換えるのであれば、子供の心に寄り添うのが上手いだな！」

据わった目をしていた海斗だが、セラムが訂正してくれた言葉に表情を緩ませた。

実にわかりやすいやつだ。

にしても、もうすぐ夏祭りか。

海斗の言葉でその行事の存在を思い出した。

「夏祭りというのは、夏に行われる祭りのことか？」

「そうだぜ」

「具体的な意味は？」

セラムに尋ねられた海斗の動きが固まる。

「あれ？　改めて聞かれると、夏祭りってなんのための祭りなのか知らねえな？　屋台が並んで、綺麗な花火が上がって……なんのための祭りなんだ？」

「豊作を妨げる害虫や台風を追い払うことが由来だな。あとは疫病が流行《はや》りやすい季節ということもあって疫病退散の意味も込められている」

首を傾げる海斗の代わりに、俺が夏祭りの由来を教えてやる。

「ほう、そのような意味があるのだな」

「そんなことよく知ってるな」

「農家だからな。そういった祭りや仕来りみたいなものは自然と耳に入ってくるんだ」

農家は老人が多いために、こういった変な知識が増える。

逆に農家でなければ、俺も耳にしなかっただろうし、知ろうとも思わなかっただろうな。

とはいえ、俺には無縁の行事だ。思い出したからといって行くこともないだろう。

それ以上、夏祭りの話題が出ることもなく、帰り支度を整えると俺たちは山を下って、駐車場に停めてある海斗の車に乗り込んだ。

「俺たちはここでいい」

「カイト殿は、メグル殿たちを先に送ってあげてほしい」

ほどなく進み、家の近くまでたどり着くと俺とセラムは降りることにした。

子供たちを早く返してやるのが優先だし、三人の家を回っていたら帰るのが遅くなるしな。

少し歩くことになるが、この辺りで降りるのがいいのだろう。

「わかった。暗いから足元に気をつけろよ」

扉を開けて、助手席と後部座席から俺とセラムが降りる。

田舎道なので店はないし、民家や街灯もほとんどないので暗い。

しかし、今日は天体観測で懐中電灯を持ってきているので問題ない。速やかに足元を照らした。

「またね！　ジン、セラムさん」

「おやすみなさいです」

「うむ、メグル殿たちもいい夢を」

めぐるたちとセラムが挨拶を交わしても、海斗が車を発進させることはなかった。

「どうした？」

いつまでも出発しない海斗を見て、思わず声をかける。

すると、何か悩んでいた様子の海斗が意を決するように口を開いた。

「なあ、ジン。せっかくだし今年は皆で夏祭りに行かねえか？」

「夏祭りかー。俺、人混みが苦手なんだが……」

「いいではないか！　夏祭り！　どのようなものか詳しく知らないが、私は行ってみたいぞ！」

海斗の誘いに俺は思わず苦い顔をするが、セラムは顔を輝かせてかなり乗り気だった。

異世界の祭りと言われると、俺もどのようなものか興味があるのでセラムの気持ちを否定するのは難しいいし、あまりしたくない。

「まあ、お前たちがそこまで言うなら……」

「よし、決まりだな」

「えっ!?　ジンとセラムさんも夏祭り行くの!?　やったー！　絶対楽しいじゃん！」

「来週が楽しみですね！」

「夏祭りとやらに名物はあるのか？」

「……焼きそば、フランクフルト、綿あめ、りんご飴《あめ》、いっぱいある」

「おお、食べたことのないものばかりだ。どのようなものかはわからないが、楽しみだ」

仕方なく了承すると、海斗が嬉しそうに笑い、セラムと後部座席にいるめぐるたちがワイワイと話し出す。

そんな微笑ましい光景を眺めていると、運転席にいる海斗がニヤニヤとした笑みを浮かべながらこちらを見ていることに気づいた。

「……なんだ？」

「セラムさんが来てからジンは変わったなーと思ってな。前のお前なら皆で祭りなんて絶対に来なかっただろ？」

「……そうだな」

海斗の言葉を聞いて、自分でもそうだと思った。

都会の会社で人間関係のトラブルに遭ってからは、人間というものをあんまり信じられなくなり、こっちに戻ってきてもそれは変わらず、海斗以外の知人とは疎遠になっていた。

そうやって一人で生活し、農業をしていたのだが、セラムを田んぼで拾ってしまったせいで同居することになり、気がつけばこのような集まりに参加することになっている。

海斗の言う通り、少し前までの俺ならば考えられないことだろう。

「結婚すると人は変わるって聞くけど、本当なんだな。なにはともあれ、俺は昔みたいにジンと遊ぶことができて嬉しいぜ」

「急に気持ちの悪いことを言うな。さっさと帰って寝ろ」

自分の変化と海斗のストレートな言葉が恥ずかしく、俺はそれを誤魔化すように乱暴な言葉を放った。

「うーわ！　ひっでえ！　傷ついたから俺たちは帰るぜ！」

言葉とは裏腹に海斗はまったく傷ついた様子は見せず、飄々《ひょうひょう》と笑うとハンドルを操作して車を発進させた。

残ったのは車から降りた俺とセラムだけだ。

海斗やめぐるたちがいなくなると途端に静かになる。

リーンリーンと涼やかな音を立てる鈴虫の鳴き声や、ウシガエルの鳴き声がやけに大きく響いているように感じた。

「さて、俺たちも帰るか」

「うむ」

セラムが懐中電灯で道を照らし、俺たちは横に並んで歩く。

「あれ？」

「どうした？」

「スイッチを押しても光が出ないのだ」

カチカチとスイッチを押すセラムだが、懐中電灯から光が照射されることはない。

「電池切れだな」

「壊れたわけではないのだな？」

「……ああ、光を生み出してくれるエネルギー源である電池が切れただけだ。それを取り換えてやれば、また光はつく」

「よかった。壊してしまったのではないかと思ったぞ」

ホッとしたように胸に手を当てるセラム。

「懐中電灯はもう一つある。セラムのが切れても大丈夫だ」

そう気楽に笑いながら言った瞬間、不意に光が消えた。

「わっ！　ジン殿！　また私をからかっているのか!?　さすがに冗談が過ぎるぞ！」

「いや、わざとじゃねえよ！　急にどうしたんだ？」

暗闇の中、セラムが憤慨しているが、驚いているのは俺も同じだ。

俺は意図して光を消したわけではない。

慌てて懐中電灯のスイッチを押してみるが、カチカチと乾いた音が鳴るだけだ。

いくらスイッチを入れようが光が灯《とも》ることはない。

「……セラム、どうやら俺の懐中電灯も電池切れみたいだ」

「……なるほど」

この懐中電灯は同じ時期に電池を入れ替えたものだ。

片方が切れれば、もう片方の寿命も近いというのは当然わかることだった。

久しぶりに引っ張り出しただけあって失念していた。こんな時のためにせめて替えの電池くらい持ち歩いてくればよかった。

「とはいえ、問題はない。俺にはスマホがある。この灯《あか》りを使えば真っ暗になるということはない」

「おお！」

俺はスマホを取り出して、ライトをつける。

すると、一メートル先が明るく照らされた。

「……あまり明るくないな？」

「……言うな。ないよりもマシだろ？」

型番も昔のものだけあって性能が低いようだ。というか、完全に真っ暗な空間をスマホの灯りだけで乗り切ろうというのが無茶なんだ。

「ジン殿、一つ提案がある」

「なんだ？」

「私の魔法で光源を出しても良いだろうか？　そうすれば、懐中電灯以上の明るさを発揮でき、安全に家に帰ることができる」

常人であれば、何言ってるんだこいつ？　となるが、セラムは異世界人だ。

魔力のある世界からやってきて魔法を扱えるという。

こんな時間に出歩いている人もいないだろうし、家に帰るまでなら使ってもいいんじゃないだろうか？　スマホの灯りだけでは、歩いて帰るのに心もとない。

足を踏み外して転倒したり、ヘビなどが現れて噛《か》まれる危険性もある。

「わかった。なら、魔法を頼む。ただし、あまり目立たないようなものにしてくれよ？」

「心得た」

こくりと頷くと、セラムはブツブツと何かを呟いた。

呪文のようなものなのだろうか？　明らかに日本語や英語ではないことは確かだった。

やがて詠唱が終わると、セラムの人差し指から小さな光が生まれた。

それは宙に舞い上がると、俺たちの周りを明るく照らしてくれる。

「すごいな。何もないところから光が生まれた」

「厳密にはかき集めた魔力を光に変化させている」

セラムの言っている理屈はよくわからないが、身体強化以外にも色々と魔法が使えるんだな。

こうして引き起こされている超常現象を見ると、改めてセラムは異世界の住人なのだと実感した。

「これなら道を踏み外す心配もないな。さっさと家に帰ろう」

夜とはいえ、いつ誰が出歩いているかわからない。

俺たちはセラムの出してくれた光源を頼りに歩いていく。

「待ってくれ、ジン殿。前から人の気配がする」

「な、なんだって!?」

こんな真夜中にうろついているのはどこの誰だよ。セラムの魔法を見られでもしたら、面倒くさいことになる。

「とりあえず、隠れるぞ！」

誰かと鉢合わせする前に俺はセラムの手を取って、近くにある塀の裏に隠れた。

「おや？　そこに誰かいるのかーい？」

ほどなくして光源を目視したらしい人物の声が聞こえる。

この聞き覚えのある間延びした声は、多分茂さんだ。

そういえば、最近は涼しい夜に犬の散歩をすると言っていた。

そのタイミングでたまたま鉢合わせることになってしまったのだろう。

「……え？　街灯もないのに光が浮いてる？」

「ワンワン！」

やがてこちらにやってきた茂さんだが、宙に浮いている光源を見て顔を真っ青にした。

好奇心を発揮する犬だけはけたたましい鳴き声を上げていた。

「も、もしかして、人魂!?　ひ、ひぃぃ！　まだあの世に行きたくない！　婆《ばあ》さんー！」

茂さんは腰を抜かし悲鳴を上げながら来た道を引き返した。

ああ！　そういう勘違いをする!?　でも、真夜中に宙で光が浮いていれば、そんな勘違いをしても無理はないか。

「……あ、あの、ジン殿」

「なんだ？」

「そろそろ手を離してくれないだろうか？」

セラムの視線をたどると、彼女の手をしっかり握る俺の手があった。

茂さんに意識がいっていたのでまったく気づいていなかった。

落ち着いてみると、俺の手に柔らかな手の感触が重なっているのを感じた。

「すまん。とっさに隠れるためについ……」

「わかっている。謝るほどのことではない」

などと言っているが、セラムの顔は真っ赤になっていた。

異性と手を繋ぐことに免疫がないのかもしれないな。

「しかし、シゲル殿を驚かせることになってしまったな」

「ああ、特に転んだり怪我をしていないのが救いだな。隠れるのが間に合って良かった」

「別に隠れなくても魔法を解除すれば、良かったのではないか？」

「あっ」

セラムの言う通りだった。宙に浮いていた光が一瞬目視されていたとしても、消してしまえば如何様《いかよう》にでも誤魔化せただろう。

後は適当に懐中電灯が切れたという事実を伝えれば問題はなかった。

「ジン殿もそんな風に慌てることがあるのだな」

呆《ほう》けた声を漏らす俺を見て、セラムがクスクスと笑った。

俺だって人間だ。予期していないことが起こると慌てることもある。

「というか、気づいていたのなら先に言ってくれよ」

「そ、そそ、それはジン殿が急に手を握ってくるからだ！」

つまり、セラムも手を握られて慌てており、冷静になって気づいた事実のようだ。

「つまり、どっちもどっちというわけか」

「そうだな」

なんだか互いに慌てていたのがおかしくて俺とセラムは笑った。

次の日、茂さんが人魂が出たと取り乱して話し回る姿が見えたが、高齢ということもありついにあの人もボケたかと周囲に誤解されていたのが可哀想だった。

19話　浴衣

「ジン！　今日は夏祭りだぜ！」

天体観測から一週間後。ウキウキとした様子の海斗が家にやってきた。

「わかってるよ。わざわざそれを言いに来たのか？」

「おう！　ジンは土壇場になって逃げるかもしれねえからな」

ちゃんと一週間前に約束したんだ。別に当日になって逃げたりはしないのだが。

「ところで、セラムさんは？」

「実里さんのところでお菓子でも食ってるんだろう」

朝と昼の仕事を終えると、実里さんの家に遊びに行くと出ていったきりだ。

「そろそろ呼び戻した方が良くないか？　女の子は色々と準備に時間がかかるもんだぜ？」

セラムは化粧もしないし、衣服選びに迷うこともないので準備に手間取ることはない。が、夏祭りが初めてなセラムのために事前に説明はしておきたい。早めに帰らせて準備させるのがいいだろう。

「それもそうだな。迎えに行くか」

「俺も暇だから行くぜー」

海斗と共に家を出て、実里さんの家に向かう。

敷地に入ると、縁側で実里さんと談笑しながら和菓子を食べているセラムがいた。

「あら、二人ともいらっしゃい」

俺と海斗を出迎えてくれる実里さんに、会釈をしながら近づいていく。

「おお？　なんだかカイト殿の服装がいつもと違うぞ？」

「なんていったって今日は夏祭りだからな！　ビシッと決めていかねえと！」

いつもはラフなカッターシャツに短パンだが、今日は夏祭りということもあってか黒の浴衣を身に纏っていた。

プリン頭と相まって、少し厳《いか》つい雰囲気があるが妙に似合っている。

「しかし、ジン殿はいつもと変わらないぞ？」

「そもそも浴衣なんて持ってないからな」

単にわざわざ着るのが面倒くさいというのもある。

「だったら、茂さんの浴衣があるから着ていきな」

「えっ？　いや、別に俺は浴衣なんて着なくても……」

「セラムちゃんには私のお古の浴衣を貸してあげる。きっとセラムちゃんならとても似合うはずだよ」

「おお！　浴衣とやらは私も着れるのか？」

「ああ」

「ぜひ頼む！」

俺が遠慮しようとするが、実里さんは聞く耳を持たずにセラムと一緒に奥の部屋に引っ込んだ。

どうやら俺とセラムが浴衣を着て、夏祭りに行くのは決定らしい。

「ジン君、これ僕の浴衣ね」

実里さんと入れ替わるようにして縁側にやってきた茂さんが浴衣を持ってくる。

……諦めて着て行けという茂さんの意思を感じた。

「なっ？　早めに迎えにきて正解だろ？」

何となく海斗にはこんな展開になるのが読めていたのかもしれない。

俺は諦観の息を吐いて、茂さんの持ってきた浴衣を着ることにした。

「うんうん、サイズは問題ないみたいだね」

「ジンの枯れた雰囲気と浴衣の相性が絶妙だな！」

俺の纏った浴衣を見て、茂さんが満足げに頷いた。

げらげらと笑っていた海斗には拳骨《げんこつ》を落として黙らせた。

麻素材でできた上品な紺の浴衣だ。風合いもとても上品で、肌に触れたときにヒンヤリとするのが心地いい。風通しも実に良く、とても快適だった。

「思っていたよりもいいですね」

「でしょう？　この時期だと家では作務衣《さむえ》や甚平なんかを普段着にするのもおすすめだよ。涼しくて安いし」

面倒くさがって敬遠していたが、これはこれで悪くないな。

茂さんがおすすめするように作務衣とか甚平のような気楽なものなら、夏の普段着のレパートリーに入れるのも検討してもいい。

「あとはセラムだな」

「あっちの方はもうちょっと時間がかかるかもね。実里が張り切ってるから」

奥の部屋ではどのような着付けが行われているか知らないが、男性の浴衣よりも女性の浴衣の方が大変なのは知っている。男のようにすぐに準備完了とはいかないか。

「そんじゃ俺は先に子供たちを集めてくるわ」

「ああ」

夏祭りにはめぐる、ことり、アリスも同行する予定だ。

海斗の駄菓子屋に集合らしいので、子供たちを店に連れてきてくれるのだろう。

海斗がいなくなって三十分ほど経過すると、遂にセラムが姿を現した。

白の生地に紺色のアサガオの花や葉、蔓《つる》などがあしらわれている。帯は黒で、清楚《せいそ》ながらも大人っぽい雰囲気へと仕上がっていた。

いつもは下ろしている金髪は、浴衣結びと言われる結び方にされており、ほっそりとした白い首筋を惜しげもなく晒している。

普段一緒にいるセラムとのあまりの違いように驚かざるを得ない。

「……ジン殿？」

呆然《ぼうぜん》としていたがセラムの不安そうな眼差しと声で我に返った。

「あ、ああ。すまん。いつもと雰囲気が違うから驚いた。似合ってるぞ」

「……そ、そうか」

照れくさそうに俯《うつむ》くセラム。

そんな彼女の姿を見て、妙に動悸《どうき》が速くなる自分がいた。

柄にもなく恋人のような雰囲気になっており変な気分だった。

「うんうん、さすがはセラムちゃんだね。昔の私のように綺麗だよ。ねえ、茂さん？」

「ああ、昔の実里ちゃんを思い出すよ」

セラムの浴衣姿を見て、恍惚《こうこつ》とした表情を浮かべる実里さん、懐かしむような顔をする茂さん。

実里さんの若い頃がどのようなものか知らないので何とも言えないが、きっと若い頃はこの着物が似合う楚々《そそ》とした素敵な女性だったに違いない。

「ジン殿も似合っているぞ。より落ち着いた大人の雰囲気を感じる」

「海斗には枯れた雰囲気って言われたけどな」

「ああー、なるほど」

そこに納得するのか。海斗やセラムの俺に対するイメージが気になるところだ。

「初々しい二人の反応が見られて満足だけど、そろそろ合流しに向かった方がいいんじゃないかい？」

茂さんに言われて、時刻が十五時を過ぎていることに気づく。

夏祭りの開始は十六時から。駄菓子屋で合流して、近くの町にまで出ることを考えると、そろそろ出発しないといけない頃合いだ。

「そうですね。では、そろそろ行こうと思います。茂さん、浴衣ありがとうございます」

「ミノリ殿もありがとう。浴衣の着付けだけでなく、こんな風に綺麗に化粧までしてもらって……まるで自分じゃないみたいだ！」

「二人とも夏祭りを楽しんでおいで」

「気をつけていくんだよ」

茂さんと実里さんに礼を言うと、俺とセラムは集合場所である海斗の駄菓子屋に向かう。

アスファルトの上をカツカツと下駄《げた》が踏みしめる音が鳴っていた。

「わっとと！」

後ろを歩いていたセラムがつんのめったので、手を差し伸べて身体を支えてやる。

「大丈夫か？」

「すまない、ジン殿。この下駄という履き物になれなくてな……」

「いつもの服や靴に比べると歩きづらいだろうから、ゆっくりと歩いていこう」

こっちは歩きやすいものだから、いつものように歩いてしまった。

配慮が足りなかったな。

「ありがとう、ジン殿。だが、目の前に夏祭りが迫っているとなると、気が逸《はや》ってしまうのだ」

「そこは我慢してくれ」

意図して歩くペースを抑えるが、セラムがせかせかと歩いていく。

まったく、浴衣を着て化粧をして別人のようになってもセラムはセラムだな。

綺麗になっても変わりないセラムの様子を見て、俺は安堵《あんど》の笑みを漏らした。

速く歩こうとするセラムを諫《いさ》めながら進んでいくと、合流地点である海斗の駄菓子屋にやってきた。

そこには海斗だけでなく、めぐる、ことり、アリスの三人が集まっていた。

「うわあああ！　セラムさん、めっちゃ綺麗じゃん！　半端ねえ！」

「いつも綺麗だと思っていましたが、今日はいつも以上に綺麗です！」

「……美人」

「そ、そうか？　ありがとう」

セラムの浴衣姿を見るなり、子供たちが寄ってきて騒ぎ出す。

口々に褒められてセラムも嬉しそうだ。

こうやって普通に女の子同士ではしゃいでいる姿を見ると、とても異世界からやってきた女騎士には見えないな。

「……しい」

そんな様子を眺めていると、傍で突っ立っている海斗が何かを呟いた。

「ん？　なんか言ったか海斗？」

「羨ましい！　なんでジンにはこんな綺麗な嫁さんがいて、俺には彼女もいないんだ！」

問いかけると、海斗が突然俺の肩を摑んで血涙を流さんばかりに訴えた。

それは独身男性の魂の慟哭《どうこく》だった。

いや、そんなことを俺に言われてもなあ。嫁というのは建前でしかないので、実際は俺も海斗と変わらない独身なのだ。偉そうに何も言うことはできない。

精々が無難な慰めをかけるくらいだった。

「海斗にもいつかいい出会いがあるさ」

「いつかって、いつだよぉぉ……」

普段は家で動画編集、副業兼、趣味として田舎で駄菓子屋経営。

そもそもの活動範囲が狭すぎるので、異性との出会いがないのが大きな原因だろうな。

「出会いがないなら作ればいいんじゃない？」

「そうですよ！　夏祭りにはたくさんの人が集まりますから、そこで出会いだってあるかもしれません」

「……自分から動くべし」

「そ、そうか！　夏祭りといえば、定番の出会いイベントだもんな！　よし、祭り会場でいい感じの女性と巡り会ってみせるぜ！」

嘆いていた海斗だが、子供たちのフォローで立ち直ったみたいだ。

海斗が恋人を見つけられるかは不明だが、彼の健闘を祈ることにしよう。

「んじゃ、そろそろ向かうかー。海斗、今日も車を出せるか？」

「すまん。今日は親が車を使っててねえんだ」

すまなさそうに言う海斗。

確かにいつもはあるはずの車が駐車場にはなかった。

「なら、電車で向かうか」

「だな！」

うちにある軽トラは二人しか乗れないので論外。

車で行けないのであれば、電車で向かうしかない。

バスはかなり本数が限られているので、電車の方がまだ向かいやすいからな。
そんなわけで俺たちは最寄りの駅まで移動することにした。

20話 夏祭り

海斗の駄菓子屋から歩いて十五分ほどのところに、ポツリと佇《たたず》む小さな駅があった。

都会では駅周辺は様々な店が集まる繁栄地であるが、田舎となるとそんなことはまるでない。

裏には山があり、周囲には畑が広がっているだけだった。見事に何もない。

駅舎は木造で随分と昔からあるものだ。

もちろん、こんな田舎に駅員なんて人がいるはずもなく無人駅だ。

夏祭りが行われている町の最寄り駅までの切符を人数分買っておく。

「ジン殿、電車というのは時折走っているのを見かける、黄色と赤色の大きな箱のことだな？」

だだっ広いホームに入ると、セラムが小声で尋ねてきた。

「それで合ってる。今日はそれに乗って移動するんだ」

「おお！　やはりそうか！　遠目に見て、一度乗ってみたいと思っていたんだ！　楽しみだ！」

電車に乗るのが初めてなセラムは、とても楽しみなようで線路を眺めては今か今かと待っていた。

待つこと十五分。電車がやってきた。

三十分以上待つことはざらなのだが、タイミングが良かったようだ。

二両編成の電車がホームに停まる。

このようなローカル線では一両、あるいは二両が当然なので驚くことではない。

扉が開いた電車に乗り込むと、空き放題の座席に腰を下ろした。

セラムは俺の隣に腰を下ろすと、キョロキョロと座席を確認しだす。

「どうした？」

「シートベルトはないのか？」

いきなり落ち着きがなかったのでどうしたのかと思いきや、シートベルトを探していたようだ。

「電車にはないから大丈夫だ」

「そうなのか」

納得したように頷いたが、どことなくソワソワとしている。

車に一番慣れているのでシートベルトを着けないと落ち着かないのかもな。

ほどなくして扉が閉まると、電車が発進する。

ゆっくりと景色が流れていき、やがて速度が上がって流れる速度が速くなった。

「ジン殿、すごいぞ！　周りの景色がよく見える！」

海斗やめぐるたちに悟られないように小声を出しているが、しっかりとセラムははしゃいでいた。

座席に膝をつけて窓の外を覗き込んだりしないものかとヒヤヒヤしたが、それをしない程度に理性はちゃんと残っているようだ。

「じっくりと景色を堪能できるのが電車の強みだな」

そして、何より運転する必要がないので楽でいい。

セラムと一緒に無心で景色を眺め、時折話しかけてくる海斗やめぐるたちと雑談を交わすこと四十分。

夏祭りが行われる神社の最寄り駅へとたどり着いた。

「おお！　祭りだけあって賑わっているのだな！」

駅から出るなりセラムが驚きの声を上げた。

ここまで来ると、夏祭りを目当てに集まってきた人が多い。

私服もいるが、俺たちのように浴衣を着て歩いている人の割合も多かった。

時刻は十六時三十分。夏祭りは既に始まっている。

神社の方から途切れ途切れではあるが、陽気な祭り囃子《ばやし》が聞こえていた。

「もう祭り始まってる！　セラムさん、急いで屋台に向かお！」

「うむ！　焼きそば、たこ焼き、イカ焼き、フランクフルト、綿あめ、りんご飴、カステラを食さねば！」

めぐるたちに急《せ》かされ、セラムが速足で移動を開始する。

一体、どれだけ食べるつもりなんだ。

自転車のお金を返済し終わっていないし、資金が枯渇しないか心配だ。

さっさと進んでいくセラムたちを見失わないように、俺と海斗も速足で追いかける。

境内に入ると、人口密度はより上がっていた。

立ち並ぶ屋台と祭り客の熱気のせいか、夕方にもかかわらず日中のような暑さだった。

焼きそばやたこ焼きの濃厚なソースの匂いや、カステラの独特な甘い香りが漂ってきた。

雑多な食べ物が入り混じった匂いを嗅ぐと、祭りにやってきたんだなという気持ちになるな。

「俺も何か買ってくるわ」

「わかった」

海斗が一人で屋台に並んでしまったので、俺はセラムや子供のお守りをするために同じ屋台に並んだ。

最初に買ったのは屋台定番の焼きそばだ。

買い終わると、空いている段差に腰掛けて熱々のものを食べる。

「この焼きそばというのは美味しいな！　これは家でも簡単に作れるものか？」

「ああ、作れるぞ。今度、スーパーで買って食べてみるか」

「うむ、是非そうしよう」

セラムは焼きそばが大層気に入ったようだ。

箸を器用に使って、すごい勢いで食べている。

美味しそうに食べているセラムやめぐるたちの様子を確認して、俺も焼きそばをすする。

濃厚なソースが麺や野菜とよく絡み合っている。普通の味だが何故か美味い。

「屋台で食べる焼きそばって、なんか家のものより美味しいよねー」

「わかります！　普段食べてるものでも外で食べると美味しいですよね！」

特に特別な調理や味付けがされているわけではない。

しかし、ことりたちの言う通り、祭り会場で食べると普段食べるものよりも格別に美味しく感じられる。不思議だな。

「次はたこ焼きを食べよう！」

「うむ！」

焼きそばを食べ終わると、子供たちとセラムは屋台に並び始めた。

さすがにソースものの次に、またソースものを食べる気分ではなかったので隣にあるフランクフルトの屋台に並ぶことにした。

すると、ピッタリとアリスが付いてくる。

「うん？　アリスはあっちに行かないのか？」

「……ジン一人じゃ可哀想だから一緒に並ぶ」

「そうか。アリスは優しいな」

幼いながらの優しさが心温まる。

ボーッとしているように見えるが、色々と周りを見ているようだ。

ほどなくして列が進むと、人数分のフランクフルトを買った。

フランクフルトを買って戻ると、たこ焼きを買い終わったセラム、めぐる、ことりだけでなく海斗も座っていた。

「随分と買ったな」

長椅子の上にはイカ焼き、焼き鳥、フライドポテトといったたくさんの食べ物が広がっている。どうやら海斗がまとめて買ってきてくれたらしい。

「年に一度の祭りだしな！　こういう時くらいは贅沢《ぜいたく》しねえと！　それに余っても家族への土産にできるしな！」

確かに海斗の言う通りだ。

こういう年に一度の行事だからこそ、参加したからには楽しまないと勿体《もったい》ない。

俺も食べたいものはドンドン買うか。

俺はフランクフルトを食べながら次に食べたいものを考えるのであった。

「ふー、お腹《なか》いっぱいだー」

「……帯が少し苦しい」

「さすがにこれ以上は食べられませんね」

屋台で買ってきた料理をあらかた食べ終わると、めぐるたちが満足げな声を上げながらお腹を撫でた。

「うむ、屋台料理は大体食べ終わったので満足だ」

めぐるたちはお腹が満杯といった様子だが、セラムはまだ余裕そうだな。

アリスやことりと違って帯が苦しくなっている様子もない。一体、あの細い身体のどこに消えていくのか本当に不思議だ。

「腹も膨れたし、次は屋台でも回るか」

「そうだな」

「「賛成」」

海斗の言葉に全員が頷き、俺たちは空き皿なんかを片付けて歩き出すことにした。

既に太陽は落ち、屋台の電球や連なる提灯《ちょうちん》が辺りを照らしている。

「なあ、ジン殿。花火とやらはどのようなものなのだ？」

「火薬や金属の粉末を混ぜて包んだ玉を夜空に打ち上げて、破裂時の火花の色や形状なんかを楽しむものだな」

「なるほど。私の世界でも火魔法を打ち上げて、観賞する行事があった。それと似たような感じだな」

「具体的にはどんな風に打ち上げていたんだ？」

「王国魔法軍を総動員して火球を連続で打ち上げて爆発させたり、火柱を上げたりするのだ。特に見応えがあるのは大規模魔法を使用して炎で象《かたど》った龍《りゅう》を動かすやつだな。まるで本物の龍のように身体を動かすのだ」

こちらの世界の花火とはかなり違うが、魔法使いを総動員して火魔法を打ち上げるのもかなり見応えがありそうだな。

というか、サラッと龍を見たことがあると言っているのがすごいな。

21話 金魚すくい

「ところで、花火はいつ始まるのだ？」

「十九時開始だから、あと一時間だな」

それまでは気になった屋台を見て回ればいい。

「ジン殿、あそこの生簀《いけす》に真っ赤な魚が泳いでいるが、あれは食べられるのか？」

セラムが指さしたのは金魚だった。

生簀という言葉が聞こえたのか屋台のおじさんが複雑そうな顔をしている。

「いや、あれは金魚すくいといって観賞用の魚を捕まえる遊びだ。ちなみに食べられない」

「……まるで貴族のような遊びだな」

昔は狩りさえ貴族の道楽の一つであった。

食べもせずに飼育するためだけに魚を捕まえる行為は、セラムからすれば随分と道楽的に見えるのかもしれない。

「あれはあれで意外と面白いけどな。気に入らないなら違う屋台に――」

「気に入らないとは言っていない。ジン殿、やってみよう」

歩き出そうとしたらセラムが袖を掴んで引き留めてきた。

別に敬遠してるわけではなかったようだ。

セラムを連れて屋台の前まで移動すると、店主にお金を払って金魚をすくうためのポイと茶《ちゃ》碗《わん》を二人分もらった。

「で、どうやって捕まえればいいのだ？」

「この薄い紙が貼られたポイってやつで金魚をすくうんだ」

なんて説明をすると、セラムが何故か鼻で笑った。

「……ジン殿、さすがにそんな冗談には私は騙《だま》されんぞ？　こんな薄い紙では水に浸した瞬間に紙は破れてしまうではないか。本当はこの茶碗を使ってすくうのだろう？」

「いや、別に俺は冗談なんて言ってないんだが……」

「え？　嘘だ！　網ならともかくこんな薄い紙で魚をすくうのは不可能だ！」

冗談ではないことを告げるが、セラムは頑《かたく》なに信じてくれない。

「今から手本を見せてやるから見てろ」

こうなったら言葉で言うより、実際に見せてみる方が話は早い。

浴衣の袖をまくると、水槽で泳いでいる金魚を観察。

水面近くでボーッとしている個体を見つけると、ポイをゆっくりと入れていく。

そして、壁とポイで挟んで一匹の金魚をすくいあげた。

「なっ！　こんな薄っぺらい紙で魚をすくっただと!?」

「こんなところだな。別に嘘なんかついてないだろう」

まじまじと俺のポイと茶椀に入った金魚を見つめるセラム。

ポイで金魚をすくえたのがまだ信じられないらしい。

「お兄さん、上手いねえ。昔はかなりやってた口でしょ？」

店主のおじさんが話しかけてくる。

「田舎だと大した娯楽もないですからね」

「違いないや」

子供の頃は海斗たちと一緒に金魚すくいに励んだものだ。

無駄にすくうのが上手いのはそんな青春時代の名残だろう。

数年ほどやっていなかったが意外と衰えないものだ。

「セラムもやってみろ」

「う、うむ」

促してやると、セラムがおずおずとポイを水面にくぐらせる。

ポイの上に金魚が三匹ほど通ると、セラムは勢いよくポイを持ち上げた、

「せい！　あっ！　穴が開いてしまった!?」

当然、そんなに力任せに振りぬけばポイは破れるに決まっている。

だが、そんなことよりも俺は突っ込みたいことがあった。

「……おい」

「なんだ、ジン殿？　わっ！　ビショビショではないか!?　どうしたのだ？」

「どうしたじゃねえよ。お前が勢いよく振るから飛んできたんだよ」

「そ、それはすまなかった！」

俺が説明すると、ようやく気づいたのかセラムが申し訳なさそうに謝る。

まったく、傍にいたのが俺だけでよかった。知らない子供が濡《ぬ》れでもしたら大変いたたまれないことになっていただろう。

ハンカチで濡れた部分を拭う。なんかちょっと金魚臭い。

「そこまで破けたらもう使えないな。もう一回挑戦するなら百円だ」

「店主、ポイを頼む」

「あいよ」

セラムが百円玉を差し出すと、店主は威勢のいい声を上げてポイを手渡した。

「どうすればジン殿のようにすくうことができるのだ？」

今のままでは百円が無駄に消えていくことを悟ったのだろう。セラムがアドバイスを求めてきた。

「まずは水圧がかからないように斜めにポイを入れる」

「遠慮なく濡らしてもいいのか？」

「ポイは意外と水に強いから濡らした方がいい。濡れた部分と濡れてない部分を作ってしまうと、むしろ破れやすくなるんだ」

俺がそう説明すると、セラムも真似をするようにポイを斜めに入れた。

「水面近くにいるすくいやすそうな金魚に狙いをつけると、壁とポイで挟めるように誘導してゆっくりとすくう」

「おおっ！　金魚がポイの上に乗って――ああっ！　破けた！」

ポイの上に金魚が乗ったがビチビチと暴れて、ポイを破いてしまったようだ。

ポチャンッと水槽に金魚が落ち、群れに紛れて消えてしまう。

「惜しいな。金魚は尾びれの力が強いから、尾びれだけ枠の外に出してやると今みたいに破れることはないぞ」

「理屈はわかるが、それを実行するのはなかなかに難しいぞ」

「まあ、今の感じで何回かやればすくえるはずだ」

「そうだな。ジン殿のお陰で手応えは掴んだ。次こそはすくってみせる」

そう意気込んで百円玉とポイを交換するセラム。

「ぬああああああっ！　どうしてすくえないのだ！」

だが、前向きな予想とは裏腹にセラムの金魚すくいは完全に沼っていた。

またしてもセラムのポイが破けてしまう。

「なんでなんだろうな」

俺も傍で見ているが、そう悪いすくい方をしているとは思えない。

これはすくえたと思ったものでも、飛び跳ねてポイの外に逃げたり、滑って落ちてしまったりと不運としか言えないものが多いのだ。

「もう一度やるか？」

「……いや、さすがにこれ以上の散財はマズいのでやめておく」

金魚すくいだけで九百円も飛んでいるからな。祭りには他の屋台もあるし、金魚すくいだけで千円も溶かすのは勿体ないだろう。

セラムは名残惜しそうにしながら破れたポイと茶椀を返却した。

「姉ちゃん、一匹あげようか？」

「ありがとう、店主。だが、情けは無用だ」

「そうかい。来年もやってきてくれるのを待ってるよ」

「ああ、次こそは必ず金魚を捕まえてみせる」

今日のところは諦めたようだが、金魚の獲得を諦めたわけではないようだ。

「兄さんは、金魚どうする？」

「あー、飼うわけじゃないんでリリースでお願いします」

「ええっ⁉　ジン殿、せっかく捕まえたのに持ち帰らないのか⁉」

俺が放流を宣言すると、セラムが詰め寄ってくる。

「そもそも水槽を持ってないからな。無理に持ち帰っても弱らせてしまうだけだ」

「そ、そうか……」

「次の祭りではセラムが捕まえてくれるんだろ？　その時にちゃんと水槽を用意して飼えばいいじゃないか」

「そうだな！　来年の夏祭りが楽しみだ！」

しょんぼりとしていたセラムだが、来年の展望を語ると途端に元気になった。

驚いたり、落ち込んだり、喜んだりとセラムは感情が豊かだな。

だからこそ、一緒にいるとここまで楽しいんだろう。

金魚すくいを後にすると、近くの射的屋でめぐるたちが遊んでいた。

必死に銃を構えて景品を狙っている。

そんな三人の後ろで見守っている海斗に声をかけた。

「よっ、子供たちの相手を任せてすまんな」

セラムに付きっ切りで金魚すくいを教えている間、海斗はずっと三人の面倒を見ていてくれた。そのことに感謝だ。

「好きでやってることだしこっちは気にしなくていいぜ。それにせっかくの祭りなんだ、夫婦の時間ってやつも大事だろ？」

「気遣ってくれるのは嬉しいが、変な気の遣い方はするなよ？」

「へいへい」

セラムが嫁というのは建前で、本当のところはなんでもないのだ。

急に変な気を遣って二人きりとかにされたら困るからな。

皆で回ってワイワイしているくらいの距離がちょうどいい。

「メグル殿、これは何をやってるのだ？」

「射的だよ！　ここの引き金を引くと、コルクが飛んでいくんだ！」

「……並んでいる景品を落とせばもらえる」

「ほう、面白そうだ。私もやってみよう」

なんて話し合っていると射的が気になったのか、セラムがチャレンジし始めた。

セラムの世界は剣と魔法のファンタジー世界だ。銃なんて近代的な戦道具はなかったと思うが、女騎士と銃の相性はどんなものなのだろう。なんだか気になる。

ポンッとコルクが勢いよく射出される音が響き渡る。

コルクは真っすぐに飛んだが景品に当たることはなく、後ろにあるカーテンを叩いただけだった。

「なるほど。理解した」

めぐるに教えてもらいながら次のコルクをセットするセラム。

しかし、二発目、三発目も外れてしまった。

どうやら異世界の女騎士は銃の扱いが苦手なようだ。はっきり言ってセンスが感じられない。

「あはは、残念ですね」

「セラムさん、こういうのは苦手っぽい？」

「……金魚も一匹もすくえてなかった」

ことり、めぐる、アリスの率直なコメントにセラムが狼狽《うろた》える。

「うっ！　店主、このような変な飛び道具ではなく、弓を貸してくれ！」

「いや、そんな物騒な道具あるわけないし、あっても貸せないよ」

「それならナイフでもいい！　いや、石でも十分だ！　それなら当てることができる！」

「こらこら、射的屋のお兄さんを困らせるな」

セラムが店主に詰め寄り始めたので、監督者として肩を摑んで下がらせることにした。

22話 女騎士と花火

そんな風に屋台で遊んでを繰り返していると、花火の打ち上がる時間となった。

境内の見晴らしのいい高地に移動すると、今か今かと打ち上がる花火を待つ。

雑然と移動していた祭り客はほとんどが足を止めて空を見上げていた。

「そろそろだな」

腕時計を確認すると、長針がちょうど十二にたどり着いた。

河川敷《かせんじき》の方からぴゅーっと一筋の光が昇る。

次の瞬間、光は炸裂《さくれつ》し夜空に大輪の花を咲かせた。

「「おおー！」」

あちこちにいる見物客やめぐるたちが感嘆の声を上げるが、セラムの声はひと際大きかった。

無理もない。セラムは花火を見るのはこれが初めてなのだから。

花火の炸裂は一発で止まらず、二発、三発、四発と続けて打ち上げられて夜空を彩っていく。

火薬の炸裂する音がズシリズシリと腹の底に響くようだ。

ここ数年は偶然近くを通りかかった時に、打ち上がる音を微《かす》かに聞いただけだった。

それがこんな風に海斗や近所の子供たち、セラムと一緒になって見に来ることになるとは思わなかったな。

「すごい！　すごいぞ！　ジン殿！　炎が大きな花の形になったり、扇状に広がったりしている！　それに炎の色も多彩で綺麗だ！　一体どうやって色を変えているのだ？」

打ち上がる花火を見ながらセラムが聞いてくる。

鮮やかな色彩の乱舞を前に興奮しているせいか、バシバシと肩を叩いてきてかなり痛い。

「言われてみれば、どうして炎が青だったり、緑だったりするのでしょう？」

「なんでだろ？」

セラムの言葉を聞いて、気になったのかことりやめぐるも首を傾げている。

「金属の熱反応を利用しているんだ」

ナトリウムであれば黄色、カリウムであれば紫といった風に。

「あー！　そういえば、そんなことを理科の実験で習ったような気がします！」

「え？　そんなのやったっけ？」

「……炎色反応」

ことりとめぐるが言葉を探す中、ぼそりと呟いたのは最年少のアリスだった。

「アリス、正解だ。というか、ことりとめぐるは中学生だろ。小学生に負けるな」

「いや、あたしはそういうのは領分じゃないというか」

「どこの役人だよ」

「喉の部分までは来ていたんですよ!?　ちょっと思い出せなかっただけで……」

「それは身に付いてない証拠だな」

「あう！」

きっぱりと告げると、ことりはショックを受けたようなうめき声を上げた。

「まあ、そんな金属の反応を利用し、混ぜ合わせることで多彩な色を出してるわけだ」

「なるほど！　そのようにして炎の色を自在に操っているのか！　魔法では到底できないことだ！」

「その代わり、こっちじゃ炎で龍を象ることなんてできないけどな」

現代技術ではセラムの言っていたような炎で生き物を作って動かすなんて不可能だ。

セラムの世界の催し、俺たちの世界の花火、どちらが優れているとかではなく、どちらにも長所があるに違いない。

「そうだな。機会があれば、ジン殿を王都に案内し、見せてやりたいところだ」

花火を見上げながらセラムが何げなく呟いた。

それはセラムが異世界に帰ることができたらの話で……。

あれからセラムは空いている時間を見つけては、帰る手段を探しているようだが芳しくない。

まったくと言っていいほどに手がかりはない。

今の状況からすると、そんな将来は夢でしかないわけで。

もうすぐ、セラムがこっちの世界にやってきて一か月になる。

家族も友人もいない、異世界に放り込まれた彼女は、一体どのように考えているのだろう。

今の暮らしを悪くないと思ってくれているのか。

それともずっと帰りたいと心から願っているのか。

花火を見上げるセラムの横顔を見てみるが、表情からその気持ちを読み取れることもなく。

俺は考えを振り払うように夜空に浮かび上がる花火を眺め続けた。

●

花火が終わると、見物客がぞろぞろと解散していく。

解散した見物客の行動は大体二パターンだ。

再び屋台に繰り出すか、満足して家に帰るか。

花火が始まるまでに十分に屋台を満喫した俺たちが選択するのは後者だ。

「さて、花火も終わったことだし、そろそろ帰るかー!」

「そうだな」

時刻は二十時を過ぎている。境内から最寄り駅までは見物客で溢れている。

スムーズに帰れる保証はない。電車で四十分、駅から歩いて十五分くらいかかることを想定すれば、そろそろ引き上げるのがいいだろう。

屋台で大いにはしゃいだめぐる、ことり、アリスもさすがに疲れたのか、天体観測の時のように不満を漏らすことはなかった。

境内や河川敷にある屋台には目もくれず、人の流れに乗っかるように最寄り駅へと歩いていく。最寄り駅は夕方やってきた時よりも人で溢れている。祭り客が一斉に帰路についているので当然だ。

一本目はあまりに人が多いので見送ることになり、二本目の電車で乗ることができた。

とはいえ、まだ人が多いことに変わりはない。ここに来てローカル列車の車両の少なさが仇《あだ》となっている。

「お、おおおおお!?」

電車に乗り慣れている海斗やめぐるたちは平気だが、初めての満員電車にセラムは翻弄されていた。人の流れに押されて、俺たちとは反対方向に流れつつある。

「こっちだ、セラム」

放置しておくとはぐれてしまいそうだったので、強引に手を握って近くの扉際に立たせた。

「た、助かった、ジン殿。次から次へと人が押し寄せてきて驚いた」

「人の多い都会じゃこれの比じゃないぞ」

「これよりも人が多いのか？　都会の電車とは恐ろしいのだな」

これ以上の混雑があると聞いて、セラムは身体を震わせていた。

人混みに流されていきそうになったのが、ちょっとしたトラウマになったらしい。

「ジン、そっちは大丈夫かー？」

「問題ない」

海斗たちとは少し距離が空いてしまったが、あっちはあっちで安全圏に入り込むことができているようだ。

海斗の周りにはめぐる、ことり、アリスが一塊になっているのが見えている。

そのことに安心していると、次々と人が入ってくる。

強引に人が入ってくることによって俺のスペースが狭まってしまう。

セラムの前は少しだけ空いているが、あまり近づく形になるとセラムが不快になるので踏ん張ることにする。

「……ジン殿、もう少しこちらに寄ってもらって大丈夫だ」

「そ、そうか。助かる」

しかし、セラムは嫌がることなく、俺の手を引っ張って空いているスペースに入れてくれた。

変な体勢で踏ん張る必要がなくなって楽になるが、セラムと密着することになった。

肌触りのいい着物の上からハッキリと感じられるセラムの体温。

目の前にいるセラムから規則正しい吐息が聞こえる。

俺と同じシャンプーを使っているはずだが、妙に柔らかくて甘い香りがした。

体勢は楽になったが、これはこれで辛いものがあるな。

「「……………」」

互いに迂闊《うかつ》に動くこともできず、しばらく同じ体勢で揺られ続けた。

熱気とは違った、妙な熱さが身体の芯にあるようだった。

やがて、駅に停車すると人が降りていき、混雑が緩やかなものになった。

スペースが広くなったお陰で俺とセラムは身体を離すことができ、ようやく一息つくことができた。

海斗やめぐるたちとも合流することができ、座席に座れるようになる。

「ふー、ようやく人が減ったか」

「久しぶりに人混みに揉《も》まれると結構くるなあ」

「ああ、闇の社会人時代を思い出したぞ」

俺と海斗は座席に腰を下ろし、背もたれに深く背中を預ける。

俺たちの住んでいるところは田舎も田舎だ。

駅を過ぎるごとにドンドンと人は減っていき、車内には俺たちだけとなっていた。

こうなれば快適だ。

あれだけ騒がしくしていためぐる、ことり、アリスはとても静かだ。

訝しんで視線を送ると、三人並んで目を瞑《つぶ》っていた。

どうやらはしゃぎ疲れてしまったらしい。最寄り駅に着くまで、まだ少し時間があるのでゆっくりさせてやるのがいいだろう。

騒がしい子供たちが眠っていることや、疲れがにじんでいることもあってか車内はかなり静かだ。

ガタンゴトンと電車が揺られる音だけが響いている。

先ほどまで喧騒《けんそう》の中にいただけに余計に静かに感じた。

セラムは子供たちが体勢を崩さないか気遣いながら、外に視線をやって景色を眺めていた。

釣られて俺も外に視線をやると、真っ暗な闇の中ぽつりぽつりと街灯や民家の灯りが見えていた。

夜の電車は少しもの悲しい雰囲気があるが、悪くない眺めだった。

23話 騎士以外の道

ボーッと景色を見ながら揺られ続けると、俺たちは最寄り駅に到着した。

「メグル殿、コトリ殿、アリス殿、駅に着いたぞ」

「はい」

「んん？　んー……」

セラムが声をかけると、ことりとめぐるは寝ぼけ眼をこすりながら立ち上がった。

しかし、アリスだけが起きない。支えとなっていたことりが立ち上がると、こてりと座席に寝転がってしまった。

「アリスちゃーん？　駅に着きましたよ？」

ことりがアリスの身体を揺らして声をかけるが、起きる様子はない。

「あー、こりゃすっかり熟睡してるな。しょうがねえ」

海斗は苦笑しながらアリスを背負ってホームへと降りた。

切符を回収箱に入れて駅を出る。わずかな街灯が灯っているだけで周囲は真っ暗だ。

海斗は手がふさがっているので俺とことりが懐中電灯で道を照らしながら歩いていく。

「ジンとセラムさんはここで大丈夫だぜ。子供たちは俺が車で送っていくからよ」

ほどなく進むと海斗がそう言った。

子供たちを先に送る方が優先だし、この辺りなら送ってもらうよりも普通に歩いて帰った方が早い。

「わかった。なら後は任せる」

「今日は世話になったな。皆、気をつけて帰るのだぞ」

海斗の厚意に甘えることにして、俺とセラムはそのまま二人で帰ることにした。

その前に振り返って声をかける。

「……海斗」

「なんだ？」

「祭り、誘ってくれてありがとな」

海斗に誘われなければ夏祭りには行かなかったかもしれない。

久しぶりに皆で行く夏祭りは楽しかった。だから、きっかけを作ってくれた海斗には素直に感謝している。

「ジンが素直に礼を言うなんて気持ち悪いな」

「傷ついたから俺は帰る」

「ハハハ！　じゃあな！」

祭りに誘ってくれた時の海斗の捨て台詞を真似て言うと、海斗が笑い声を上げて去っていった。

「さて、俺たちも帰るか」

「ああ——おわっ⁉」

帰路につこうと歩き出したところで、セラムが前のめりに転んだ。

「おいおい、なにしてるんだ」

「違うんだ！　下駄の紐《ひも》が急に切れたのだ！」

「ああ、本当だな」

慣れない着物と下駄とはいえ、何もないところで転ぶなんてと若干呆れていたのだが、セラムの下駄を見てみると鼻緒が切れていた。

これは転ぶのも当然だ。しょうがない。

「立てるか？」

「すまない。痛ッ⁉」

手を差し伸べてセラムを立たせようとするが、途中で顔をしかめてよろめいた。

慌てて身体を支える。

「もしかして、転んだ時に足を捻《ひね》ったか？」

「……どうやらそのようだ」

突然、鼻緒が切れてしまったのだ。無理な体勢になって足を痛めてしまうのも無理はない。

「すまない。骨は折れていないはずだ。この程度の痛みであれば、我慢できる」

どうしたものかと考えていると、セラムはそう言って一人で立ち上がろうとする。

しかし、額には冷や汗が浮かんでおり、痛みを堪えているのは明白だった。

無理をしようとしているセラムの前に俺は屈んだ。

「ジン殿……？」

「ほら、背中に乗れ」

「いや、さすがにジン殿にそのような迷惑をかけるわけにはいかない」

「お前、今さらそんなことを言って遠慮するのか……？　お菓子を買いたい、流し素麺がしたい、素振りがしたい、自転車が欲しい。既に色々と付き合わされているんだが？」

「うっ、それを言われると返す言葉もない」

こんな時だけ妙な気を回してくるセラムが理解できなかった。

「セラムの世界では負傷兵をそのまま歩かせるのか？」

「いや、仲間が必死に支えてやるものだ」

「それと一緒だ」

俺はセラムに比べると身体能力も低いし、頼りないかもしれない。だけど、怪我した女の子を無理させて歩かせるほど冷淡じゃないつもりだ。

「では、失礼する」

遠慮をやめたのか、セラムが俺の首に手を回して後ろから抱きついてくる。

背負っていると下駄がプラプラと浮いてしまうので腰を上げると共に回収。

両腕を後ろにしっかり回すと、そのままセラムを持ち上げた。

セラムの吐息が首筋にかかってくすぐったい。甘い香りが俺の鼻孔をくすぐった。

背中の辺りに妙に柔らかい感触がしている気がするが、それについては気にしないようにする。

「足の方は痛くないか？」

「ああ、痛くない」

振動を伝えないようにできるだけゆっくりと歩いているが問題ないようだ。

怪我人を快適に運ぶ技術なんて知らないので、ひとまずホッとした。

「俺は手がふさがってるからセラムが前を照らしてくれ」

「わかった」

セラムを背負いながら懐中電灯で前を照らすのは厳しいので、照明についてはセラムに任せる。

暗闇に包まれた夜の田舎道をそのまま歩いていく。

周囲では鈴虫の鳴く声が響いており、ウシガエルの鳴き声が聞こえていた。

「……ジン殿、重くないだろうか？」

道を歩いているとセラムがそんなことを尋ねてくる。

その瞬間、なぜか鈴虫やウシガエルたちの鳴き声がスッと消えた。

……おい、おかしいだろ。いつもはうるさく鳴いているくせに、どうしてこんな時だけ鳴き止んで静かになるんだ。

「ジン殿!? どうして無言になるんだ!?」

「おい、やめろ！ 首を絞めるな！」

「ジン殿が私の問いを無視するからではないか！」

「どう答えるか迷ってたんだよ。こんなのどう答えても面倒くさいことになるじゃないか」

重くないといえば、本当に重くないのかなどと疑ってくるに違いない。そんなことはないよなどと慰めるのが面倒くさい。

逆に重いといえば、露骨に落ち込むことは確実だった。ショックを受けたセラムのケアを考えれば、これまた面倒くさい。

どう答えようとも俺には面倒くさい道しかないのだ。

「め、面倒くさい!? 乙女の繊細な心を面倒くさいと言ったな!?」

首に回されたセラムの腕が万力のように絞まってきた。

正直、シャレにならない威力だ。

「普段サバサバしてるくせに都合のいい時だけ、乙女心とか引っ張り出してくるな！　女扱いされたいのか、そうでないのかよくわからん！」

そう本心を伝えると、万力のように絞まってきたセラムの腕が緩んだ。

「私は騎士の家系に生まれ、生まれながらに騎士として育てられた。女である前に騎士。騎士は民たちを守るのが役目だ。こんな風に誰かに守ってもらったことなんてなかったし、女として扱ってもらったこともなかった。正直、自分でもどのように振る舞えばいいのかわからないのだ」

セラムが騎士としての教育を受けて育っていたのは知っていた。

同時にその教育が徹底的で歪《いびつ》だったことにも。

セラムは異世界人であり、こちらの文化や知識に疎いのは当然だが、あまりに知識や経験が偏り過ぎていた。

若いながらも卓越した剣の技術を持っていることや、料理や掃除といった基本的な生活知識も乏しかった。それは幼い頃から人生を剣に捧《ささ》げてきた弊害なのだろう。

「別にいいんじゃないかわからなくて？」

「ええ？」

「この世界にやってきてセラムは初めて騎士以外の道を歩んでいるんだ。いろいろと戸惑ったり、迷ったりするのは当然だろう」

人生が急に百八十度変わったのだ。どんな風に生きていくのか迷うのも当然だ。

そんな状況の中で毅然《きぜん》として前に進めているだけでセラムは十分にすごいと思う。

俺が畑を取り上げられて、剣を持って異世界で暮らせなんて言われれば途方に暮れるしかないだろうからな。

「まあ、それも含めてゆっくりと探していけばいいんじゃないか？」

「……そうだな。ありがとう、ジン殿」

そう言うと、セラムは納得したような穏やかな声で言った。

「ところで実際の重さについてはどうなのだ？」

「割とおも――」

言葉を最後まで言い切る前に俺の首が絞まった。

24話 真夏の作業

　いつものように朝食を食べて、畑に向かおうとするとジャージに着替えたセラムが声をかけてきた。

「ジン殿、今日の仕事は私も手伝おう」

　セラムが仕事を手伝ってくれること自体は歓迎することなのだが、夏祭りの帰り道に下駄の鼻緒が切れて足をくじいてしまったのは四日前の話だ。

「足は大丈夫なのか？」

「万全とはいえないが、いつも通り農作業をする分には何も問題ないぞ」

　ピョンピョンとその場で跳ね、問題ないことを示してみせるセラム。

「ちょっと足を見せてみろ」

「うむ」

　念のために靴下を脱いでもらい足を見せてもらったが特に問題もない。

「四日前はちょっと腫れていたが随分と治るのが早いんだな」

「魔力を集めて自己治癒力を高めていたからな。通常よりも治りが早いんだ」

「魔力ってのは、そんなこともできるのか」

道理で治りが早いはずだ。

「とはいえ、怪我をしたばかりなんだ。もう少し安静にしていてもいいんじゃないか？」

「仕事があるのに何もしないで家にいるのは辛いんだ。私に仕事をさせてくれ」

念のために提案したが、セラムは懇願するように言ってきた。

まるでワーカホリックのようだが、元々セラムはジッとしているのが性に合わないタイプだ。

動けるなら動き、何か役目を果たしたいのだろう。

「わかったわかった。その代わり、無理はするなよ」

「ああ、わかっている。あまり無理はしないさ」

許可を出すと、セラムは嬉しそうに頷いて玄関で長靴を履き始めた。

俺も作業用靴を履くと、外に出る。

すると、ギラリと輝く太陽の光が俺たちに降り注いだ。

あまりの眩しさに思わず目を細める。

「……今日も暑いな」

八月も末になり、最近は暑さも少し和らいだように思えたが、今日は一段と暑い。

まだ夏は終わっていないと太陽が盛んに主張しているようだった。

炎天下の中であるがセラムは暑さにへこたれず、生き生きとしている様子だった。

久しぶりに畑に出られるのが嬉しいのがわかる。

なんだかんだセラムは農家としての生活に馴染《なじ》んできたのかもしれない。

「ジン殿、そろそろ次のトマトが収穫時であろう？　今日の作業はトマトの収穫か？」

「正解だ。セラムも復帰したことだし、収穫をしようと思う」

「おお！　収穫だ！」

最初の頃はどのような仕事をすればいいか理解していなかったセラムだが、畑仕事を繰り返し、作物の成長具合がわかるようになったことで、次にやるべき作業の推測が立てられるようになったようだ。

何をするべきかわかると、次にやるべき作業もわかる。

一から何まで指示しなくても理解して作業をしてくれるようになるのは、雇い主として素直に嬉しいことだった。

向かうべきビニールハウスは前回収穫したハウスとは、別のハウスだ。

そちらに今回の第二陣となるトマトたちが待っている。

ビニールハウスに入ると、厳しい暑さが和らいだように感じた。

ここは温度管理がされているので外よりも暑さは大分マシなのだ。

トマトの収穫は前回もやっているので、一から作業を説明する必要はない。

各々が収穫するためにカートを引っ張り出して、その上にコンテナを載せる。

「おお！　私が見ない間にこんなにも実を大きくして！　男子三日会わざれば刮目《かつもく》して見よとはこの事か！」

大きく実ったトマトたちを見て、セラムが驚いている。

「どこから拾ってきたんだそんな言葉……」

「テレビだ！」

どうやら足をくじいて家にいる間は、ずっとテレビを見ていたようだ。

使いどころが間違っているような、でも微妙に合っているような……。

とはいえ、この時期の野菜たちの成長は目を見張るものがある。油断しているとあっという間に成長し、収穫時期に突入なんてこともザラになる。

セラムの言ったことわざの通り、三日も経《た》っていると別物のように野菜たちは変化しているものだ。

「よし、それじゃあ前と同じように収穫を頼むぞ」

「うむ！　赤くなっているのは取って食べていいのだな？」

「……構わん」

嫌味かと思ったが、ニコニコとしたセラムの顔を見ればそうじゃないのは一目瞭然だった。

穫《と》れたてのトマトを食べられるのが嬉しいのはわかるが、もうちょっと表情を隠せ。

収穫時期にあってはいけないものなんだからな。

複雑な気持ちになりながら俺たちは手分けしてトマトの収穫作業に入る。

一段目、二段目の枝になっているトマトを手でもぎ取って、邪魔なヘタを落としてコンテナに入れる。

この段階ではまだ青いのだが、卸先や農協で箱詰めして冷蔵保存している間に追熟し、赤くなるので問題ない。

カートを押して前に進み、収穫サイズに達しているものを次々ともぎ取っていく。

「おっと」

生い茂った葉っぱの裏側まで念入りに確認すると、丸々としたトマトを発見した。

こういうのが最後まで見つからず、赤くなった頃にセラムに発見されてしまうのだ。

危ない。念入りに確認しないと見逃すところだ。

「おお！　赤いトマトだ！」

フッと一息ついた瞬間に苗の向こう側からセラムの喜ぶ声が聞こえた。

「マジか!?　本当にあったのか!?」

「二段目の葉っぱの奥に隠れていたぞ！」

思わずセラムのところに移動すると、彼女の手には真っ赤なトマトがあった。

収穫時期にあってはいけないものだ。

くそ、今回こそは一つも出さないように注意して見ていたというのに見逃しがあったらしい。

「うむ！　皮に色艶があってとても綺麗だ！　きっとお前は美味しいに違いない！」

俺の複雑な心境とは裏腹に、セラムは宝物でも見つけたような無邪気な笑みを浮かべていた。

なんだかこちらの毒気が抜けるようだ。あってはいけないものだが、あることでここまで喜ばれるというのも悪くないのかもな。

トマトの収穫が終わると、速やかに軽トラの荷台へと積み上げる。

足をくじいたばかりであったが、セラムはなんなく三つのコンテナを一人で持ち上げていた。

「……おい、無理をしないっていう言葉はなんだったんだ？」

「？　大事を取って一度に三つしか運んでいないぞ？」

思わず突っ込んだが、セラムは何が問題なのだとばかりに首を傾げた。

確かにこの間は一気に五つ持ち上げていたが、今日は三つになっている。

それでも一つのコンテナの重量は約十三キロほどなので、三つで約四十キロということになる。

俺とセラムの中で大事を取るという言葉の意味が大きく違うような気がした。

まあ、それで足に大きな負荷がかからないのであれば問題はないか。

妙なすれ違いがありつつも、速やかにコンテナは荷台へと積まれた。

シートを被せ、荷台から落ちないようにロープで固定。

トマトなどは収穫してすぐに出荷しないと傷みやすいので、出荷だ。

「これから農協に行くが、セラムはどうする？」

「今回は遠慮する！　ちょっと畑の雑草が気になって除草しておきたいのだ！」

以前はセラムと一緒に農協に向かったのだが、今回は出荷よりも畑の状態が気になるようだ。

二人で行ったところで劇的に効率が上がるわけでもないので、俺が出荷している間にセラムが除草作業をしてくれることは素直に嬉しい。その方が作業効率もいいしな。

「わかった。今日は暑いし日差しも強い。少しでも異変を感じたら家で休めよ？」

「大丈夫だ、ジン殿。元の世界ではフル装備で行軍をしていた。このくらいの暑さなら平気だ」

ポンと胸を叩いて自身満々で頷くセラム。

ここは気温調節がされているビニールハウス内だから暑さがマシなのだが、そのことをわかっているのだろうか？

まあ、異世界での過酷な修練を乗り越えてきたセラムだ。

自分の体調ぐらい管理できるだろう。

「それじゃあ、行ってくる」

「行ってらっしゃいなのだ！　ジン殿が帰ってくるまでには雑草たちを根絶やしにしておこう！」

セラムの物騒ながら陽気な笑い声を聞きながら、俺は車を走らせた。

農協での出荷作業を終えると、真っすぐに自宅に帰ってきた。

時刻は午前十一時。

太陽はますます激しさを増して、気温はグングンと上昇しているのを感じた。

帰ってくる途中で田んぼや畑を見たが、外に出て作業をしている人はほとんどいなかった。

皆、この炎天下の中で作業をするのは、危険だとわかっているのだろう。

今日は日中の作業は控え、内職か休憩するのが望ましい。

いくら身体が丈夫とはいえ、無理をしてもいいというわけではない。

軽トラを停めて、玄関に入ってみるとセラムの靴はなかった。

縁側でくつろいでいる様子も見えなかったので家にいるわけではないようだ。

「……さすがにまだ除草作業をしていないよな？」

実里さんの家に遊びに行って休憩しているとかだといいのだが……。

少し嫌な予感がしつつも畑に歩いていくと、外で除草作業をしているセラムがいた。

背中を丸めてせっせと雑草を抜いて、ひとまとめにしている彼女の姿が見える。

「ジン殿、お帰りなのだ」

やっぱりか。さすがにセラムとはいえ、この暑さの中での作業は危険だ。

「今日は暑さが厳しい。作業はこの辺で切り上げるぞ」

「待ってくれ。もう少しでこの辺りの雑草もなくなるのだ。もう少しだけ作業を――」

立ち上がって雑草をひとまとめにしようとしたセラムの身体がぐらりと傾いた。

慌てて駆け寄って身体を支えると、全身からすごい勢いで汗が噴き出しているのがわかった。

息も荒く、肌も上気している。一目で尋常ではないとわかる体調だった。

「おい！　ちゃんと水分補給して休みながらやったのか？」

「……水分補給？　作業に夢中になって……していないな」

この様子を見る限り、水分補給だけでなく休憩すら挟んでいなさそうだ。

こんな暑さの中、ぶっ続けで作業をすればこうなってもおかしくない。

農作業をしていると、もう少しと思って作業の切り上げどころがわからなくなる。

それにハマってしまったのだろう。

「……すまない。もう大丈夫だ。自分で立てる」

「完全に熱中症だ。家に連れて帰る」

息を荒げながら何か言おうとしているセラムだが、俺はそれを無視して無理矢理抱き上げた。

恥ずかしいのか手で叩いてきて抵抗しているようだが、体調が悪いせいかまったく痛くなかった。

取り合うことなくそのまま寝室に運び込むと、クーラーをつけて室温を下げる。

「ほら、スポーツドリンクだ」

こんな時のために用意しているスポーツドリンク。

自分で飲むくらいの体力はあるようだったので少し安心した。

セラムが水分補給をしている間に、扇風機を持ち運んで風を当てる。

それから冷凍庫から氷を取り出して、袋に詰めた。

「体温を下げるために上着を脱いでくれ」

「あ、ああ」

そう言うと、セラムは身を起こして上着を脱ごうとする。

しかし、身体がだるいのか上着を脱ぐことがままならないので、俺が手伝って脱がせてやる。

ジャージを脱がせると、セラムは薄いTシャツ姿になった。

肌着であるシャツは汗でびっしょり濡れており、ブラジャーが透けて見えていた。

滴る汗のせいで妙に艶《なま》めかしい光景になっているが、病人に欲情するほど節操なしではない。

セラムを寝かせると、首、脇の下、足の付け根、足首に氷の入った袋を押し当てた。

「……ああ、冷たくて気持ちがいい」

冷たさにビクリと身体を震わせたセラムだが、徐々に表情を弛緩《しかん》させた。

熱中症になって体温が上昇しているときは、こうやって動脈などが通っている部分を冷やし

てやるのが一番だ。

「ジン殿……」

「なんだ？」

「本当にすまない」

たった一言であるが、その声音には申し訳なさやら悔しさやら色々な感情が含まれているようだった。

「言ってやりたいことはあるが、今は病人だ。余計な気は遣わず、体調を回復させることだけを考えてくれ」

病人に謝罪を求めるほど、こちらは鬼畜ではない。

叱ってやるにしろ体調が回復してからだ。

「……わかった」

そのように言うと、セラムは静かに頷いて目を閉じた。

25話 女騎士セラフィムの独白――

目を覚ますと、カーテンの隙間から夕日が差し込んでいることに気づいた。

昼間にジン殿に運び込まれてから、数時間ほど寝ていたらしい。

あれだけ火照っていた身体は嘘のように平常な状態へと戻っていた。

まだ少し身体の重さはあるが、十分に身動きができそうだ。

自然治癒力を向上させるために体内にある魔力を循環させる。まだ本調子じゃないので、魔力の動きが鈍いが、これで回復するスピードも早くなるはずだ。

むくりと上体を起こすと、額からポトリと濡れたタオルが落ちた。

「冷たい……」

私が眠ってから数時間は経過している。このタオルがまだ冷えているということは、ジン殿がこまめに看病してくれていたのだろう。

それがわかると不思議と胸の中に温かな気持ちが広がった。

しかし、そんな嬉しい気持ちも束の間《つかま》。

「……やってしまった」

落ち着いて振り返ると、今日の出来事は後悔しかない。

ジン殿の役に立とうとし、率先して仕事に取り掛かり、効率良く仕事を消化しようとした。

しかし、夏の暑さに私の身体は持ちこたえることができず、ジン殿の前で無様を見せることになった。

役に立つどころかジン殿に大きな迷惑をかけることになっている。空回りもいいところだ。

どうして私はこうなのだろう。自己嫌悪で死にたくなる。

一か月ほど前。私はツイーゲの森に魔物討伐の遠征に赴いたところ、気がつけば異世界へと迷い込み、ジン殿の田んぼで倒れることになった。

そして、田んぼの持ち主であるジン殿と私は出会った。

真っ黒な髪に黒い瞳を見た時は、珍しいと思うと同時に綺麗だと思った。

私の住んでいた地域には、ここまで綺麗な黒髪黒目の者は皆無だったからだ。

そんな綺麗な見た目とは裏腹にジン殿の反応は冷たかった。

騎士である私を見ても臆することもなく、媚《こ》びることもなく、ひたすらに胡乱《うろん》げな視線を向けられた。

民を守り、畏敬の念を抱かれる騎士である私が、どうしてこのように邪険にされるのか不思議でしょうがなく、不安だった。

しかし、それでも毅然と振る舞うことができたのは、帰らなければならないという使命感だった。

私たちは民の賄った食料や税金によって生きている。

その代わり、有事の際は率先して民を守るのが騎士の務めだ。

こういった時に役に立たないでどうする。

しかし、この地は祖国であるラフォリア王国やツイーゲ地方とまったく関連がなかった。

冷静に観察してみると、ここは私の住んでいた場所とあまりに景色が違う。

見たことのない食べ物に、猛スピードで走る白い鉄の車、蛇口を捻るだけで湧き出す水、スイッチを押すだけで眩《まばゆ》い光を放つ道具。それらには一切魔力が使われていない。

私の世界では到底あり得ないことだった。

ジン殿と言葉を交わすうちに、私はここが自分の知っている場所と違うことを悟った。

唯一の手掛かりである田んぼに戻り、何かしらの痕跡や魔力反応を探ってみたがまるで手がかりはない。つまり、元の世界に戻る手段はなかった。

家族、友人、身分、居場所を失った。

それだけであれば、まだ何とかなった。私には剣がある。

たとえ、世界が変わろうとも、剣があれば魔物から人々を守ることができる。

そう息巻いていたのがジン殿に、ここには人々を襲うような魔物はおらず、戦争もほとんどない平和な世界だと知らされた。

私の唯一の取り柄である剣すらも役に立たないのが確定した瞬間だった。

「……うちの農作業を手伝ってくれるなら、三食付きの家賃なしでここに住んでもいいぞ」

平和な異世界の常識に打ちのめされた私だったが、ジン殿の一言に救われた。

剣がなくても何とかなる。などと言ってみたものの、私は騎士の家に生まれて剣一本で生きてきた。

炊事や掃除といったまともな役割すらこなしたこともなく、国から装備や給金を支給されていただけであまり稼いだことすらなかったので、ジン殿の提案は渡りに船だった。

でも、あまりにも私にとって都合がいい提案だったので、最初は少し警戒していた。

私の身体が目当てなのではないかと。

敢えて隙を晒すことで反応を見ていたが、ジン殿と一緒に農作業をして生活をしているとそんなつもりはないことはすぐにわかった。

ジン殿の興味は農作業に向いており、とても真摯に野菜と向き合っていた。

そんな御仁を疑って妙な勘繰りをしていた私は、自分を恥じることになった。

ジン殿は常に不機嫌そうな顔をしており、言葉遣いもぞんざいではあるが、性根はとても優しい御仁だ。

異世界からやってきたという私のことを胡乱な目で見つつも、追い出すこともなくしっかりと話を聞いてくれた。

お金のない私に温かい食事を出してくれ、快適な部屋を提供してくれた。

本人は従業員を雇っているので、働きやすいようにしているだけだ。などと言い張っているが、元の私の職場はボロい宿舎で四人部屋だった。

明らかに私が暮らしやすいように配慮してくれているのがわかった。

ジン殿は私に仕事を与えてくれた。

私に農作業の知識を惜しげもなく伝えてくれた。

わからないことがあっても面倒くさがることなく、懇切丁寧に教えてくれる。

料理のできない私に料理を教えてくれた。

生活するための服だけでなく、オシャレな服も買ってくれた。

私が一人で物を買えるように給金をくれた。

剣を振るうための広い場所を与えてくれた。

自転車を買ってくれて、乗り方を教えてくれた。

興味のあるイベントや遊びがあれば、連れて行ってくれた。

思い返せば、私はジン殿に与えられてばかりだ。

私はジン殿の優しさに報いることができているのだろうか？

——否だ。

ジン殿は私のお陰で作業ペースが向上していると言ってくれたが、それは私でなくても同じことだ。

お金を払うのであれば、農業未経験で知識も皆無な私を雇うよりも、農業経験者を雇う方が遥《はる》かに効率がいいに決まっている。

私が勝っている点など精々が人一倍多い体力と力持ちということだろう。

そんなタフな身体が取り柄でもある私だったが、現在では夏の暑さに参ってこの様だ。

夏祭りで足をくじいて仕事に四日も穴を開け、復帰した直後に暑さにやられてジン殿に介抱させている始末。

これで一体何の役に立っていると言えるのか。

またしてもジン殿に迷惑をかけることになってしまった。

積もりに積もったこの恩を何とかして返したい。

剣を使ってジン殿を守る？

無理だ。この世界が平和なのは少し生活しただけでわかった。

この世界で剣は不要だ。

ならば、炊事や掃除を頑張る？

いや、ジン殿はどちらも一人でこなすことができる上に、私よりも美味しい料理を作ることができる。私が代わったところで満足は得られないだろう。

ならば、どうすればいい？

どうすれば、ジン殿の与えてくれたものや、優しさに見合うような報いができる？

布団にこもりながらどうすればいいかグルグルと考える。

「……あった。たった一つのものが」

外の景色が茜色《あかねいろ》から闇色に染まる頃、私は一つの案にたどり着いたのだった。

26話

恩に報いるために

風呂から上がると、セラムの寝室を覗き見る。

テーブルの上には空になったお粥《かゆ》の碗や、容量の減っているスポーツドリンクが見えた。

「……ちゃんと飯は食べてるみたいだな」

今は眠っているようだが、一人で起き上がって食べるくらいには回復できているようだ。

クーラーの室温を調整し、扇風機の風量を調節。

体温が安定しているのであれば、無理に身体を冷やし続ける必要はない。

額に乗せている濡れタオルを回収し、再び冷水で湿らせてセラムの額に乗せた。

心なしかセラムの顔が気持ち良さそうに緩んだ気がした。

セラムの体調が悪化していないことを確認すると、テーブルの上の食器を回収。

物音を立てないように寝室から出る。

それから台所に戻ると、土鍋や小皿なんかを洗う。

洗い終わったところで梅干しの種がまったくなかったことに気がついた。

「あいつ梅干しの種まで食ったのか？　種は食べるもんじゃないんだがな……」

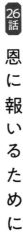

梅干しを食べさせるのは初めてだったので仕方がないか。

元気になったら食べる必要はないのだと教えてやろう。

苦笑しながら洗い終わった食器の水気を拭って、食器棚に戻した。

食器を洗い終わると、リビングがいつになく静かなことに気づいた。

夕食後はセラムと一緒にテレビを見ながら、この世界のことについて教えたり、異世界について聞いたり、のんびりと本を読んだりと過ごすことが多かった。

セラムがこの家に住むようになってからは、その賑やかさが当たり前になっていたからな。

逆に彼女がやってくるまでは、この静かさが俺にとっての当たり前だった。

しかし、今では少し寂しいと感じてしまう。

人間、環境が変われば、色々と変わるというのは本当なんだな。

ソファーに腰掛けてテレビでも流し見しようかと思ったが、この家は古い日本家屋だ。

遮音性はお世辞にも高いとはいえない。眠っているセラムのことを考えると、テレビをつける気にもならない。

かといってやけに静かなリビングでボーッとする気にもなれなかった。

「……寝るか」

今日はセラムが熱中症で倒れてしまったことで作業量こそは減っていたが、セラムを看病することになって普段の仕事とは違って精神的に疲れた。

こんな時は早めに寝室で横になってしまうに限る。

そんなわけでリビングの灯りを消すと、俺は寝室へと引っ込んだ。

押し入れから布団を引っ張り出して敷いて、その上にゴロンと寝転がる。

照明を消して、代わりにナイトランプを点灯。

寝転がりながら読みかけの本を開き、読み進めながら心地よい眠気がやってくるのを待つ。

すると、微かに廊下から足音がした。

この家に住んでいるのは俺とセラムだけだ。

それ以外の者であれば、泥棒ということになるが、こんなド田舎で盗みに入る者はいない。

「ジン殿、起きているか？」

「起きてるぞ」

返事をすると、寝室の扉が開いてセラムが入ってきた。

俺は本を閉じ、身を起こしてセラムの方を振り返る。

「身体の調子は――」

どうだ？　と尋ねようとしたところで俺は言葉を失った。

それは寝室に入ってきたセラムが急に服を脱ぎ始めたからだ。

しゅるりと衣擦《きぬず》れの音がし、パサリとジャージとシャツが床に落ちた。

すると、セラムの均整のとれた肢体が露わになる。

真っ白な肌に豊かな胸。しっかりとくびれたウエストから丸みを帯びた臀部《でんぶ》。すらりと伸びた長い手足。大事な部分はショッピングモールの下着専門店で買ったと思われる黒の下着に包まれていた。

ナイトランプの暖かな光が、セラムの下着姿をより艶《あで》やかに見せているようだった。

あれ？　俺が看病した時、下着はピンク色だったはずだが？

ジャージはそのままだがシャツは新しいものに変わっている。

ということは、自分でシャツや下着を着替えてここに来たってことか？

なんて疑問がとっさに頭の中に浮かぶが今はそれどころじゃない。

セラムが急に下着姿で寝室に乗り込んできたのだ。訳を聞かなければいけない。

なのに、俺はセラムの肢体のあまりの美しさに見惚れ、尋ねることができないでいた。

セラムがこちらに歩いてくるだけで豊かな胸が揺れる。

そして、セラムは呆然としている俺の傍までやってきた。

「……ジン殿、私のカラダは欲情に値するものだろうか？」

「はあ……？」

こいつは一体何を言っているのだろうか？

「女らしい見た目と性格をしているとは思えないが、胸はそこそこあると思うのだが……」

自らの胸元を強調しながら呟くセラム。

切れ長の瞳には嫣然《えんぜん》とした雰囲気だけでなく、不安、迷いなどと様々な感情が渦巻いているように見えた。

「何を言ってるのかよくわからんが、とりあえず服を着ろ」

「着ない」

話をするにもまずはそれからだと思ったが、セラムはきっぱりと断った。

その表情や声音はとても真剣だ。このまま話を聞くしかないようだ。

「……どういう思考回路でそうなった？」

「今日、寝込んでいるうちに考えたのだ。私はジン殿に与えてもらってばかりで、何一つ恩を返せていないことに」

「いや、別にセラムが仕事を手伝ってくれるだけで――」

「満足だとジン殿は言ってくれるが、釣り合いが取れているとは私はまったく思えない」

反論するが、セラムがそれに被せるように強く言った。

それからセラムは深呼吸をすると、たどたどしく話し始めた。

「私は異世界人だ。こちらの世界のことは何一つわからない。唯一の取り柄である剣も、魔物もいなく、戦のない世界では役に立たない。積もり積もったこの恩を返すことのできる手段は、カラダ《これ》しかないと思った」

最後の一言と共に下着姿のセラムがこちらに近づいてくる。

普段は何も考えていないような能天気に思えたが、実は色々と考え込んでいたらしい。

まさかセラムがここまで思い詰めているとは思わなかった。

俺が後ずさりすると、セラムがまた一歩近づく。

セラムの身体から発せられる甘い香りを強く感じた。普段はあまり意識しないようにしていたが、下着姿でこうも近づかれると意識せざるを得ない。

「だから、ジン殿。私を抱いてくれ」

セラムはそう言いながら俺に抱きついた。

彼女の豊かな胸がこちらの胸板に当たるのがわかった。

上半身を少し起こして、セラムの肩に触れる。

すると、彼女の肩が大きく震えた。

「そ、その、恥ずかしながら私は処女だ。できれば、優しくしてくれると助かる」

か細い声でセラムは言うと、ギュッと目を瞑った。

それは迫ってくるとわかる恐怖に堪えるかのようだった。

わかりやすいセラムの反応に、沸騰していた俺の熱が一気に沈下するのを感じた。

「断る」

「えっ……つまり、ジン殿は乱暴にするのが好きということか？」

「違うわ！　お前を抱かないって意味だよ！」

「そ、そうか」

正確に意図を伝えると、セラムがホッとしたような顔になった。

「はあ……まったく、この程度の覚悟でよく身体を対価にしようなんて考えたな」

「覚悟がないわけではない！　初めてだからどうしたらいいかわからなかっただけで！」

「身体を震えさせてよく言うな」

「あっ」

俺の指摘で自分の身体が震えていることを自覚したのか、セラムが間抜けな声を漏らした。

「とりあえず、離れろ」

「え？　いや、ここまできてそれは困る！　ジン殿の方も臨戦態勢ではないか！」

セラムの言う通り、俺の下半身はしっかりと反応していた。

「当たり前だろ。お前みたいな美人に下着姿で抱きつかれて反応しない男がいるか」

「え？　そ、そうなのか？」

当然の事実を告げると、セラムは顔を真っ赤にして視線をそらした。

「なんで今さら照れるんだよ。もういいから離れろ」

「う、うむ……」

なんだかバカバカしくなってきた。

セラムは迷いながらも頷くと、俺から少し距離を取って布団の上に腰を下ろした。

寝間着は着ないのかと思ったが、どうやら着るつもりはなく、このまま話をしたいようだ。

「その、ジン殿はどうして私を抱かないのだ？」

しばらく無言の時間が流れると、セラムはおそるおそるといった様子で口を開いた。

セラムが自分の立場を不安に思い、このような行為に走るのも仕方がないだろう。

不安に思うセラムのためにきちんと説明する必要がある。

「そんなことをさせるために面倒を見ようとしたわけじゃない。むしろ、そういった生き方をさせないために、従業員として住み込みで働かせることを提案したんだ」

今のセラムの生活は、俺の助けを得ることによって成り立っている。

それがなければ、セラムには戸籍や住所すらなく、まともに生活することすらままならない。一人で生きようとすれば、そういった部分を気にしないアングラなところに行くしかないわけで。これだけ容姿が整っていれば、そこでどのような働き方をすることになるかなんて誰でも想像がつくだろう。

それをわかっていて、困っているセラムを放置するのが堪らなく嫌だった。

「つまり、ジン殿は私がカラダを売って生活をしないで済むように、このような提案を申し出てくれたのか？」

「そうだ。それなのに、お前を抱いたりしたら本末転倒だろうが」

「なんだ。普段は私のことを人が良すぎると言っているが、ジン殿の方がよっぽどお人好《ひとよ》しではないか」

俺がそう答えると、セラムは肩を震わせておかしそうに笑った。

まさにその通りなので、セラムの言葉に反論することができない。

せめてもの抵抗とばかりに視線をそらすと、またその反応がセラムにとっては面白かったのか豪快に笑っていた。

ひとしきりセラムは笑うと、目の端からこぼれた涙を拭った。

「しかし、カラダを対価にできないのであれば、私はどう恩義に報いればいいのだろうか」

先ほどに比べると随分と晴れやかな表情になったセラムだが、まだ陰がある。

「セラムが来てくれてから仕事が楽になったことは事実だ。なにせこれまでは一人で作業していたからな。戦力が単純に二倍になったわけで、例年よりも作業効率は遥かにいい」

「そうなのか？」

「それに加えて、セラムは体力もあるし、力もあるからな。その辺にいる農業経験者よりもよっぽど役に立ってくれているぞ」

「私が想像していたよりも高い評価を得ていて嬉しい。だが、それは当然のことだ。私はジン殿から食と住を保証してもらっている上に給金までもらっているのだ。仕事を頑張るのは当然だ」

セラムが仕事面で役に立ってくれていることを伝えるが、彼女にとっては大きな価値だとは思っていないようだ。

普段は素直だが、こういうところは妙に頑固な気がする。

まだ納得した様子のないセラムに対し、俺は一歩踏み出すことにした。

「仕事もそうだが、俺にとって何より大きいのはセラムが来てくれたことで俺自身が変わったことだ」

「ジン殿が？」

「ここで農業をする前までは、俺が都会で働いていたことは知っているか？」

「ああ」

「俺はその時に同僚たちにハメられて仕事を辞めることになったんだ」

信頼していた部下を庇《かば》おうとしたら、部下と他の同僚が裏で手を組んですべての責任を押し付けてきた。どこの会社でもよくあるつまらないことだ。

「そのせいか人間不信気味になってな。こっちに戻ってきてからは、ずっと一人で農業をしていたんだ。人との距離は最低限に、誰も信頼しないように」

とつとつと語る俺の言葉をセラムは真剣に聞いていた。

「でも、セラムを拾ってからは色々な人の助けを借りることになって、再び皆で集まるようになった。長いこと一人で過ごしてきた俺だったが、そんな生活が楽しかった」

セラムのお陰で疎遠気味になっていた海斗とも気兼ねなく遊べるようになった。

あまり面識のなかっためぐる、ことり、アリスとも仲良くなった。

一人で仕事をする以外にも、一緒に料理を作る喜び、美味しいものを味わう喜び、一緒に遊ぶ喜び。様々な喜びをセラムは教えてくれた。

「踏み出すことのできなかった一歩をセラムのお陰で踏み出すことができた。色々な縁をつなぎ、人とかかわることの楽しさを教えてくれた。そんなセラムにはとても感謝している。だから、恩返しができていないなんて思わなくていい」

「そうだったのか。私はジン殿の恩に報いることができていたのだな……」

改めて礼を述べると、セラムは涙を流しながら呟いた。

自分の過去を話すのは気恥ずかしかったが、セラムの不安が取り除かれたのであればよかったと思う。

「なあ、ジン殿。私はこれからもジン殿の傍にいてもいいのだろうか？」

「いいに決まってるだろう。というか、もうお前が手伝ってくれる前提で秋の作物を植えてるんだからな」

「……そこは素直に傍にいてくれとは言ってくれないのか？」

「俺がそんな素直な性格じゃないことは、一緒に生活してわかってるだろ」

なんて答えると、セラムは苦笑しながら頷いた。

「誰だって生きていれば他人に迷惑をかけるもんだ。子供がそんなこと気にするな」

「ジン殿、私は子供ではないぞ」

ポンポンと頭に手を置きながら言うと、セラムは不服そうに唇を尖《とが》らせた。

「いくつだ？」

「十七だ。既に元の世界で成人の儀を終えている」

「残念。こっちの法律じゃ、十八歳未満は子供として扱われるんだよ」

「なっ！　その法律には納得がいかない！　理不尽だ！　私は子供ではない！　大人だ！」

「はいはい、元の世界ではな」

憤るセラムをぞんざいになだめると、彼女は不満を露わにするように頬を膨らませた。

そんな仕草がまた子供っぽいが、言うと確実に拗ねるので言わないでおく。

「なあ、セラムは元の世界に戻りたいと思うか？」

これだけ真面目に話す機会はないと思い、俺はこれまで聞かなかったことを聞いてみることにした。

「戻りたくない気持ちがないと言えば嘘になるが、今の生活も悪くないと思っている」

「……そうか」

「前にも言った通り、私は騎士の家に生まれて、幼い頃から騎士として厳しく育てられた。父のような立派な騎士になること、民を守ることこそが私の役目。そう思い込んでいたのだが、心の奥底では街中にいる同年代の少年少女の生活に憧れていた。だから、こっちではやってみたかった料理やオシャレ、遊びを気兼ねすることなくできて嬉しい。今の生活に不満などまったくない。むしろ、毎日が楽しい。最近は少しずつ農業のこともわかってきて、野菜を育てる楽しさもわかってきたところだからな！」

屈託のない笑みを浮かべながら答えるセラム。

その晴れやかな表情を見れば、嘘偽りがないことは確かだった。

セラムの言葉を聞いて安心した。

俺の自己満足なところで住まわせたところあったので、ずっと無理をしていないか心配だったのだ。

でも、セラムはセラムなりに前を向いて新しい人生を楽しんでいる。

そのことがわかって本当に良かった。

「もし、この先ずっと元の世界に帰ることができなかったらどうするんだ？」

「その時はそうだな。建前ではなく、正式にジン殿に嫁としてもらってもらうなんていうのはどうだろうか？」

「そういうのは大人になってからだな」

「つまり、大人になればいいのか？」

「さあな。その時はその時になって考える」

セラムを意識していないと言えば嘘になるが、そういった関係になりたくないと宣言した以上、迂闊に頷くわけにはいかないしな。

布団を被って寝転がると、セラムがバシバシと布団を叩いてくる。

「これでも勇気を出して言ったつもりなのだが、男らしく頷いてくれないのか？」

田んぼで拾った女騎士、田舎で俺の嫁だと思われている。

俺とセラムの関係はそれでいい。そう、それでいいのだ。

あとがき

本書をお手に取っていただきありがとうございます、鍊金王《れんきんおう》です。

『田んぼで拾った女騎士、田舎で俺の嫁だと思われている』の書籍二巻はいかがでしたでしょうか？

一巻に比べると二巻では、やや農業シーンは少なくなっておりますが、その分様々なキャラクターが登場し、ジンやセラムたちとの賑《にぎ》やかな日常が展開されております。

Ｗｅｂには登場していない人物も出ており、書き下ろしもたくさんさせていただきましたので、Ｗｅｂで読んでくださった方でも十分に楽しめる内容なのではないかと思っております。

本来はここまでの内容を一巻の収録として想定していたのですが、あまりにも文字数が膨大になり過ぎて分割し、再構成をする運びとなりました。

私の思っていた以上にジンとセラムがいいキャラになったので、ついつい書きたいシーンが増えてしまい、文字数が膨れ上がってしまった次第です。

全部、自分のせいとはいえ、書き下ろしたくさんしたので疲れました。

手長エビ釣り、水切り、サイクリング、夏祭り、農業祭、天体観測……夏は様々なイベントでいっぱいですね。

それらのイベントを執筆する度に幼き頃の思い出が想起されるようで、私自身もつい懐かしい気持ちになってしまいました。

参考のために動画などを漁《あさ》ったりするのですが、どれも魅力的であっという間に時間が吹っ飛ぶなんてことも多いです。

私もアウトドア系の配信者のような優雅な人生を送ってみたいです。

私は人混みが苦手なのであまり夏祭りには出ないタイプなのですが、柴乃櫂人《しばのかいと》先生による各キャラの浴衣姿を見ると無性に夏祭りに参加したくなった所存です。

今年は頑張って夏祭りに参加してみようかな？　なんて……。


内容と私個人の感想はこの辺にしておいて、謝辞や告知に入らせていただきます。

今回もカバーイラスト、口絵、挿絵を柴乃先生に描いていただきました。

川に足を浸すセラムが非常に涼しげで見ているこちらも癒やされるカバーとなっております。

釣りをしているジンや、魚を見つめているアリス、ことり、めぐるたちも生き生きとしており素敵です。

お忙しい中、今回も素敵なイラストをありがとうございます。

そして、小説を担当してくださっている編集さんをはじめとする本に関わってくださる皆様もご尽力いただきありがとうございます。

こうして毎度無事に書籍を刊行できるのは皆様のお陰です。

今後も何卒《なにとぞ》よろしくお願い申し上げます。


コミックの告知です。

マガポケにて『田んぼで拾った女騎士、田舎で俺の嫁だと思われている』が、連載中です。

毎週金曜日に更新しています。基本的に毎週です。

毎度私も拝見させていただくのですが、とんでもないクオリティの原稿が毎週上がってきます。

毎週です。週刊連載です。大事なことなので何度も強調して言いました。

素敵な原稿が週刊で読めるなんて幸せ過ぎです。

音羽《おとは》さおり先生によって描かれる、ジンとセラムの日常を皆様も是非とも覗《のぞ》いてくださればと思います。

そして、『田んぼで拾った女騎士』ですが人気好評につき、コミックの単行本第1巻が二〇二三年六月八日より発売となっております。

原作にはないシーンの加筆やおまけ漫画なども付いていますので是非ともチェックをよろしくお願いします。

錬金王

電撃の新文芸

田《た》んぼで拾《ひろ》った女騎士《おんなきし》、田舎《いなか》で俺《おれ》の嫁《よめ》だと思《おも》われている2

著者／錬金王《れんきんおう》
イラスト／柴乃櫂人《しばのかいと》

2023年6月17日　初版発行

発行者／山下直久
発行／株式会社ＫＡＤＯＫＡＷＡ
〒102-8177　東京都千代田区富士見2-13-3
0570-002-301（ナビダイヤル）
印刷／図書印刷株式会社
製本／図書印刷株式会社

【初出】

本書は、「小説家になろう」に掲載された『田んぼで拾った女騎士、田舎で俺の嫁だと思われている』を加筆、訂正したものです。
※「小説家になろう」は株式会社ヒナプロジェクトの登録商標です。

ISBN978-4-04-914804-6　C0093　Printed in Japan

ファンレターあて先
〒102-8177
東京都千代田区富士見2-13-3
電撃の新文芸編集部

「錬金王先生」係
「柴乃櫂人先生」係